Édition bilingue audio
ANGLAIS-FRANÇAIS

Pour écouter la lecture de ce livre
dans sa version anglaise ou dans sa traduction française
scannez le code en début de chapitre avec :
votre téléphone portable, votre tablette
ou bien votre webcam depuis le site https://webqr.com

Nouvelle
Littérature britannique

Titre original :
THE CANTERVILLE GHOST

Traduction française :
Albert Savine

Lecture en anglais :
David Barnes

Lecture en français :
René Depasse

ISBN : 978-2-37808-018-1
© L'Accolade Éditions, 2018

OSCAR WILDE

LE FANTÔME DE
CANTERVILLE

L'ACCOLADE
Éditions

CHAPTER 1

When Mr. Hiram B. Otis, the American Minister, bought Canterville Chase, every one told him he was doing a very foolish thing, as there was no doubt at all that the place was haunted.

Indeed, Lord Canterville himself, who was a man of the most punctilious honour, had felt it his duty to mention the fact to Mr. Otis when they came to discuss terms.

'We have not cared to live in the place ourselves,' said Lord Canterville, 'since my grandaunt, the Dowager Duchess of Bolton, was frightened into a fit, from which she never really recovered, by two skeleton hands being placed on her shoulders as she was dressing for dinner, and I feel bound to tell you, Mr. Otis, that the ghost has been seen by several living members of my family, as well as by the rector of the parish, the Rev. Augustus Dampier, who is a Fellow of King's College, Cambridge.

CHAPITRE 1

Lorsque M. Hiram B. Otis, le ministre d'Amérique, fit l'acquisition de Canterville-Chase, tout le monde lui dit qu'il faisait là une très grande sottise, car on ne doutait aucunement que l'endroit ne fût hanté.

D'ailleurs, lord Canterville lui-même, en homme de l'honnêteté la plus scrupuleuse, s'était fait un devoir de faire connaître la chose à M. Otis, quand ils en vinrent à discuter les conditions.

— Nous-mêmes, dit lord Canterville, nous n'avons point tenu à habiter cet endroit depuis l'époque où ma grand-tante, la duchesse douairière de Bolton, a été prise d'une défaillance causée par l'épouvante qu'elle éprouva, et dont elle ne s'est jamais remise tout à fait, en sentant deux mains de squelette se poser sur ses épaules, pendant qu'elle s'habillait pour le dîner. Je me crois obligé à vous dire, M. Otis, que le fantôme a été vu par plusieurs membres de ma famille qui vivent encore, ainsi que par le recteur de la paroisse, le révérend Auguste Dampier, qui est un agrégé du King's-Collège, de Cambridge.

After the unfortunate accident to the Duchess, none of our younger servants would stay with us, and Lady Canterville often got very little sleep at night, in consequence of the mysterious noises that came from the corridor and the library.'

'My Lord,' answered the Minister, 'I will take the furniture and the ghost at a valuation. I come from a modern country, where we have everything that money can buy; and with all our spry young fellows painting the Old World red, and carrying off your best actresses and prima-donnas, I reckon that if there were such a thing as a ghost in Europe, we'd have it at home in a very short time in one of our public museums, or on the road as a show.'

'I fear that the ghost exists,' said Lord Canterville, smiling, 'though it may have resisted the overtures of your enterprising impresarios. It has been well known for three centuries, since 1584 in fact, and always makes its appearance before the death of any member of our family.'

'Well, so does the family doctor for that matter, Lord Canterville. But there is no such thing, sir, as a ghost, and I guess the laws of Nature are not going to be suspended for the British aristocracy.'

'You are certainly very natural in America,' answered Lord Canterville, who did not quite understand Mr. Otis's last observation, 'and if you don't mind a ghost in the house, it is all right. Only you must remember I warned you.'

Après le tragique accident survenu à la duchesse, aucune de nos jeunes domestiques n'a consenti à rester chez nous, et bien souvent lady Canterville a été privée de sommeil par suite des bruits mystérieux qui venaient du corridor et de la bibliothèque.

— Mylord, répondit le ministre, je prendrai l'ameublement et le fantôme sur inventaire. J'arrive d'un pays moderne, où nous pouvons avoir tout ce que l'argent est capable de procurer, et avec nos jeunes et délurés gaillards qui font les cent coups dans le vieux monde, qui enlèvent vos meilleurs acteurs, vos meilleures prima-donnas, je suis sûr que s'il y avait encore un vrai fantôme en Europe, nous aurions bientôt fait de nous l'offrir pour le mettre dans un de nos musées publics, ou pour le promener sur les grandes routes comme un phénomène.

— Le fantôme existe, je le crains, dit lord Canterville, en souriant, bien qu'il ait tenu bon contre les offres de vos entreprenants impresarios. Voilà plus de trois siècles qu'il est connu. Il date, au juste, de 1574, et ne manque jamais de se montrer quand il va se produire un décès dans la famille.

— Bah ! le docteur de la famille n'agit pas autrement, lord Canterville. Mais, monsieur, un fantôme, ça ne peut exister, et je ne suppose pas que les lois de la nature comportent des exceptions en faveur de l'aristocratie anglaise.

— Certainement, vous êtes très nature en Amérique, dit lord Canterville, qui ne comprenait pas très bien la dernière remarque de M. Otis. Mais s'il vous plaît d'avoir un fantôme dans la maison, tout est pour le mieux. Rappelez-vous seulement que je vous ai prévenu.

A few weeks after this, the purchase was completed, and at the close of the season the Minister and his family went down to Canterville Chase.

Mrs. Otis, who, as Miss Lucretia R. Tappan, of West 53rd Street, had been a celebrated New York belle, was now a very handsome, middle-aged woman, with fine eyes, and a superb profile.

Many American ladies on leaving their native land adopt an appearance of chronic ill-health, under the impression that it is a form of European refinement, but Mrs. Otis had never fallen into this error.

She had a magnificent constitution, and a really wonderful amount of animal spirits.

Indeed, in many respects, she was quite English, and was an excellent example of the fact that we have really everything in common with America nowadays, except, of course, language.

Her eldest son, christened Washington by his parents in a moment of patriotism, which he never ceased to regret, was a fair-haired, rather good-looking young man, who had qualified himself for American diplomacy by leading the German at the Newport Casino for three successive seasons, and even in London was well known as an excellent dancer.

Gardenias and the peerage were his only weaknesses. Otherwise he was extremely sensible.

Quelques semaines plus tard, l'achat fut conclu, et vers la fin de la saison, le ministre et sa famille se rendirent à Canterville.

Mrs Otis, qui, sous le nom de miss Lucretia R. Tappan, de la West 52e rue, avait été une illustre *belle* de New-York, était encore une très belle femme, d'âge moyen, avec de beaux yeux et un profil superbe.

Bien des dames américaines, quand elles quittent leur pays natal, se donnent des airs de personnes atteintes d'une maladie chronique, et se figurent que c'est là une des formes de la distinction en Europe, mais Mrs Otis n'était jamais tombée dans cette erreur.

Elle avait une constitution magnifique, et une abondance extraordinaire de vitalité.

À vrai dire, elle était tout à fait anglaise, à bien des points de vue, et on eût pu la citer à bon droit pour soutenir la thèse que nous avons tous en commun avec l'Amérique, en notre temps, excepté la langue, cela s'entend.

Son fils aîné, baptisé Washington par ses parents dans un moment de patriotisme qu'il ne cessait de déplorer, était un jeune homme blond, assez bien tourné, qui s'était posé en candidat pour la diplomatie en conduisant le cotillon au Casino de Newport pendant trois saisons de suite, et même à Londres, il passait pour un danseur hors ligne.

Ses seules faiblesses étaient les gardénias et la pairie. À cela près, il était parfaitement sensé.

Miss Virginia E. Otis was a little girl of fifteen, lithe and lovely as a fawn, and with a fine freedom in her large blue eyes.

She was a wonderful amazon, and had once raced old Lord Bilton on her pony twice round the park, winning by a length and a half, just in front of the Achilles statue, to the huge delight of the young Duke of Cheshire, who proposed for her on the spot, and was sent back to Eton that very night by his guardians, in floods of tears.

After Virginia came the twins, who were usually called 'The Stars and Stripes,' as they were always getting swished.

They were delightful boys, and with the exception of the worthy Minister the only true republicans of the family.

As Canterville Chase is seven miles from Ascot, the nearest railway station, Mr. Otis had telegraphed for a waggonette to meet them, and they started on their drive in high spirits.

It was a lovely July evening, and the air was delicate with the scent of the pine-woods.

Now and then they heard a wood pigeon brooding over its own sweet voice, or saw, deep in the rustling fern, the burnished breast of the pheasant.

Miss Virginia E. Otis était une fillette de quinze ans, svelte et gracieuse comme un faon, avec un bel air de libre allure dans ses grands yeux bleus.

C'était une amazone remarquable, et elle avait fait un jour sur son poney avec le vieux lord Bilton, parcourant deux fois tout le circuit du parc, et gagnant d'une longueur et demie, juste en face de la statue d'Achille, ce qui avait provoqué un délirant enthousiasme chez le jeune duc de Cheshire, si bien qu'il lui proposa séance tenante de l'épouser, et que ses tuteurs durent l'expédier le soir même à Eton, tout inondé de larmes.

Après Virginia, il y avait les jumeaux, connus d'ordinaire sous le nom d'Étoiles et Bandes, parce qu'on les prenait sans cesse à les arborer.

C'étaient de charmants enfants, et avec le digne ministre, les seuls vrais républicains de la famille.

Comme Canterville-Chase est à sept milles d'Ascot, la gare la plus proche, M. Otis avait télégraphié qu'on vînt les prendre en voiture découverte, et on se mit en route dans des dispositions fort gaies.

C'était par une charmante soirée de juillet, où l'air était tout embaumé de la senteur des pins.

De temps à autre, on entendait un ramier roucoulant de sa plus douce voix, ou bien on entrevoyait, dans l'épaisseur et le froufrou de la fougère le plastron d'or bruni de quelque faisan.

Little squirrels peered at them from the beech-trees as they went by, and the rabbits scudded away through the brushwood and over the mossy knolls, with their white tails in the air.

As they entered the avenue of Canterville Chase, however, the sky became suddenly overcast with clouds, a curious stillness seemed to hold the atmosphere, a great flight of rooks passed silently over their heads, and, before they reached the house, some big drops of rain had fallen.

Standing on the steps to receive them was an old woman, neatly dressed in black silk, with a white cap and apron.

This was Mrs. Umney, the housekeeper, whom Mrs. Otis, at Lady Canterville's earnest request, had consented to keep on in her former position.

She made them each a low curtsey as they alighted, and said in a quaint, old-fashioned manner, 'I bid you welcome to Canterville Chase.'

Following her, they passed through the fine Tudor hall into the library, a long, low room, panelled in black oak, at the end of which was a large stained-glass window.

Here they found tea laid out for them, and, after taking off their wraps, they sat down and began to look round, while Mrs. Umney waited on them.

De petits écureuils les épiaient du haut des hêtres, sur leur passage ; des lapins détalaient à travers les fourrés, ou par-dessus les tertres mousseux, en dressant leur queue blanche.

Néanmoins dès qu'on entra dans l'avenue de Canterville-Chase, le ciel se couvrit soudain de nuages. Un silence singulier sembla gagner toute l'atmosphère. Un grand vol de corneilles passa sans bruit au-dessus de leurs têtes, et avant qu'on fût arrivé à la maison, quelques grosses gouttes de pluie étaient tombées.

Sur les marches se tenait pour les recevoir une vieille femme convenablement mise en robe de soie noire, en bonnet et tablier blancs.

C'était Mrs Umney, la gouvernante, que Mrs Otis, sur les vives instances de lady Canterville, avait consenti à conserver dans sa situation.

Elle fit une profonde révérence à la famille quand on mit pied à terre, et dit avec un accent bizarre du bon vieux temps :

« Je vous souhaite la bienvenue à Canterville-Chase. »

On la suivit, en traversant un beau hall en style Tudor, jusque dans la bibliothèque, salle longue, vaste, qui se terminait par une vaste fenêtre à vitraux.

Le thé les attendait. Ensuite, quand on se fut débarrassé des effets de voyage, on s'assit, on se mit à regarder autour de soi, pendant que Mrs Umney s'empressait.

Suddenly Mrs. Otis caught sight of a dull red stain on the floor just by the fireplace and, quite unconscious of what it really signified, said to Mrs. Umney:

'I am afraid something has been spilt there.'

'Yes, madam,' replied the old housekeeper in a low voice, 'blood has been spilt on that spot.'

'How horrid,' cried Mrs. Otis; 'I don't at all care for blood-stains in a sitting-room. It must be removed at once.'

The old woman smiled, and answered in the same low, mysterious voice, 'It is the blood of Lady Eleanore de Canterville, who was murdered on that very spot by her own husband, Sir Simon de Canterville, in 1575. Sir Simon survived her nine years, and disappeared suddenly under very mysterious circumstances. His body has never been discovered, but his guilty spirit still haunts the Chase. The blood-stain has been much admired by tourists and others, and cannot be removed.'

'That is all nonsense,' cried Washington Otis; 'Pinkerton's Champion Stain Remover and Paragon Detergent will clean it up in no time.'

And before the terrified housekeeper could interfere he had fallen upon his knees, and was rapidly scouring the floor with a small stick of what looked like a black cosmetic.

In a few moments no trace of the blood-stain could be seen.

Tout à coup le regard de Mrs Otis tomba sur une tache d'un rouge foncé sur le parquet, juste à côté de la cheminée, et sans se rendre aucun compte de ses paroles, elle dit à Mrs Umney :

— Je crains qu'on n'ait répandu quelque chose à cet endroit.

— Oui, madame, répondit Mrs Umney à voix basse. Du sang a été répandu à cet endroit.

— C'est affreux ! s'écria Mrs Otis. Je ne veux pas de taches de sang dans un salon. Il faut enlever ça tout de suite.

La vieille femme sourit, et de sa même voix basse, mystérieuse, elle répondit :

— C'est le sang de lady Eleonor de Canterville, qui a été tuée en cet endroit même par son propre mari, sir Simon de Canterville, en 1575. Sir Simon lui survécut neuf ans, et disparut soudain dans des circonstances très mystérieuses. Son corps ne fut jamais retrouvé, mais son âme coupable continue à hanter la maison. La tache de sang a été fort admirée des touristes et d'autres personnes, mais l'enlever... c'est impossible.

— Tout ça, c'est des bêtises, s'écria Washington Otis. Le produit détachant, le nettoyeur incomparable du champion Pinkerton fera disparaître ça en un clin d'œil.

Et avant que la gouvernante horrifiée eût pu intervenir, il s'était agenouillé, et frottait vivement le parquet avec un petit bâton d'une substance qui ressemblait à du cosmétique noir.

Peu d'instants après, la tache avait disparu sans laisser aucune trace.

'I knew Pinkerton would do it,' he exclaimed triumphantly, as he looked round at his admiring family.

But no sooner had he said these words than a terrible flash of lightning lit up the sombre room, a fearful peal of thunder made them all start to their feet, and Mrs. Umney fainted.

'What a monstrous climate!' said the American Minister calmly, as he lit a long cheroot. 'I guess the old country is so overpopulated that they have not enough decent weather for everybody. I have always been of opinion that emigration is the only thing for England.'

'My dear Hiram,' cried Mrs. Otis, 'what can we do with a woman who faints?'

'Charge it to her like breakages,' answered the Minister; 'she won't faint after that.'

And in a few moments Mrs. Umney certainly came to.

There was no doubt, however, that she was extremely upset, and she sternly warned Mr. Otis to beware of some trouble coming to the house.

'I have seen things with my own eyes, sir,' she said, 'that would make any Christian's hair stand on end, and many and many a night I have not closed my eyes in sleep for the awful things that are done here.'

— Je savais bien que le Pinkerton en aurait raison, s'écria-t-il d'un ton de triomphe, en promenant un regard circulaire sur la famille en admiration.

Mais à peine avait-il prononcé ces mots qu'un éclair formidable illumina la pièce sombre, et qu'un terrible roulement de tonnerre mit tout le monde debout, excepté Mrs Umney, qui s'évanouit.

— Quel affreux climat ! dit tranquillement le ministre, en allumant un long cigare. Je m'imagine que le pays des aïeux est tellement encombré de population, qu'il n'y a pas assez de beau temps pour tout le monde. J'ai toujours été d'avis que ce que les Anglais ont de mieux à faire, c'est d'émigrer.

— Mon cher Hiram, s'écria Mrs Otis, que pouvons-nous faire d'une femme qui s'évanouit ?

— Nous déduirons cela sur ses gages avec la casse, répondit le ministre. Après ça, elle ne s'évanouira plus.

Et, en effet, Mrs Umney ne tarda pas à reprendre ses sens.

Toutefois il était évident qu'elle était bouleversée de fond en comble ; et d'une voix austère, elle avertit Mrs Otis qu'elle eût à s'attendre à quelque ennui dans la maison.

— J'ai vu de mes propres yeux, des choses... Monsieur, dit-elle, à faire dresser les cheveux sur la tête à un chrétien. Et pendant des nuits, et des nuits, je n'ai pu fermer l'œil, à cause des faits terribles qui se passent ici.

Mr. Otis, however, and his wife warmly assured the honest soul that they were not afraid of ghosts, and, after invoking the blessings of Providence on her new master and mistress, and making arrangements for an increase of salary, the old housekeeper tottered off to her own room.

Néanmoins Mrs Otis et sa femme certifièrent à la bonne femme, avec vivacité qu'ils n'avaient nulle peur des fantômes.

La vieille gouvernante après avoir appelé la bénédiction de la Providence sur son nouveau maître et sa nouvelle maîtresse, et pris des arrangements pour qu'on augmentât ses gages, rentra chez elle en clopinant.

CHAPTER 2

The storm raged fiercely all that night, but nothing of particular note occurred.

The next morning, however, when they came down to breakfast, they found the terrible stain of blood once again on the floor.

'I don't think it can be the fault of the Paragon Detergent,' said Washington, 'for I have tried it with everything. It must be the ghost.'

He accordingly rubbed out the stain a second time.

But the second morning it appeared again.

The third morning also it was there, though the library had been locked up at night by Mr. Otis himself, and the key carried upstairs.

The whole family were now quite interested.

Mr. Otis began to suspect that he had been too dogmatic in his denial of the existence of ghosts.

Mrs. Otis expressed her intention of joining the Psychical Society, and Washington prepared a long

CHAPITRE 2

La tempête se déchaîna pendant toute la nuit, mais il ne se produisit rien de remarquable.

Le lendemain, quand on descendit pour déjeuner, on retrouva sur le parquet la terrible tache.

« Je ne crois pas que ce soit la faute du *Nettoyeur sans rival*, dit Washington, car je l'ai essayé sur toute sorte de tache. Ça doit être le fantôme. »

En conséquence, il effaça la tache par quelques frottements.

Le surlendemain, elle avait reparu.

Et pourtant la bibliothèque avait été fermée à clef, et Mrs Otis avait emporté la clef en haut.

Dès lors, la famille commença à s'intéresser à la chose.

M. Otis était sur le point de croire qu'il avait été trop dogmatique en niant l'existence des fantômes.

Mrs Otis exprima l'intention de s'affilier à la Société Psychique, et Washington prépara une longue

letter to Messrs. Myers and Podmore on the subject of the Permanence of Sanguineous Stains when connected with Crime.

That night all doubts about the objective existence of phantasmata were removed for ever.

The day had been warm and sunny; and, in the cool of the evening, the whole family went out for a drive. They did not return home till nine o'clock, when they had a light supper.

The conversation in no way turned upon ghosts, so there were not even those primary conditions of receptive expectation which so often precede the presentation of psychical phenomena.

The subjects discussed, as I have since learned from Mr. Otis, were merely such as form the ordinary conversation of cultured Americans of the better class, such as the immense superiority of Miss Fanny Davenport over Sarah Bernhardt as an actress; the difficulty of obtaining green corn, buckwheat cakes, and hominy, even in the best English houses; the importance of Boston in the development of the world-soul; the advantages of the baggage check system in railway travelling; and the sweetness of the New York accent as compared to the London drawl.

No mention at all was made of the supernatural, nor was Sir Simon de Canterville alluded to in any way.

lettre à MM. Myers et Podmore, au sujet de la persistance des taches de sang quand elles résultent d'un crime.

Cette nuit-là leva tous les doutes sur l'existence objective des fantômes.

La journée avait été chaude et ensoleillée. La famille profita de la fraîcheur de la soirée pour faire une promenade en voiture. On ne rentra qu'à neuf heures, et on prit un léger repas.

La conversation ne porta nullement sur les fantômes, de sorte qu'il manquait même les conditions les plus élémentaires d'attente et de réceptivité qui précèdent si souvent les phénomènes psychiques.

Les sujets qu'on discuta, ainsi que je l'ai appris plus tard de M. Otis, furent simplement ceux qui alimentent la conversation des Américains cultivés, qui appartiennent aux classes supérieures, par exemple l'immense supériorité de miss Janny Davenport sur Sarah Bernhardt, comme actrice ; la difficulté de trouver du maïs vert, des galettes de sarrasin, de la polenta, même dans les meilleures maisons anglaises, l'importance de Boston dans l'expansion de l'âme universelle, les avantages du système qui consiste à enregistrer les bagages des voyageurs ; puis la douceur de l'accent new-yorkais, comparé au ton traînant de Londres.

Il ne fut aucunement question de surnaturel. On ne fit pas la moindre allusion, même indirecte à sir Simon de Canterville.

At eleven o'clock the family retired, and by half-past all the lights were out.

Some time after, Mr. Otis was awakened by a curious noise in the corridor, outside his room. It sounded like the clank of metal, and seemed to be coming nearer every moment.

He got up at once, struck a match, and looked at the time.

It was exactly one o'clock.

He was quite calm, and felt his pulse, which was not at all feverish.

The strange noise still continued, and with it he heard distinctly the sound of footsteps.

He put on his slippers, took a small oblong phial out of his dressing-case, and opened the door.

Right in front of him he saw, in the wan moonlight, an old man of terrible aspect.

His eyes were as red burning coals; long grey hair fell over his shoulders in matted coils; his garments, which were of antique cut, were soiled and ragged, and from his wrists and ankles hung heavy manacles and rusty gyves.

'My dear sir,' said Mr. Otis, 'I really must insist on your oiling those chains, and have brought you for that purpose a small bottle of the Tammany

À onze heures, la famille se retira. Et à onze et demie, toutes les lumières étaient éteintes.

Quelques instants plus tard, M. Otis fut réveillé par un bruit singulier dans le corridor, en dehors de sa chambre. Cela ressemblait à un bruit de ferraille, et se rapprochait de plus en plus.

Il se leva aussitôt, fit flamber une allumette, et regarda l'heure.

Il était une heure juste.

M. Otis était tout à fait calme. Il se tâta le pouls, et ne le trouva pas du tout agité.

Le bruit singulier continuait, en même temps que se faisait entendre distinctement un bruit de pas.

M. Otis mit ses pantoufles, prit dans son nécessaire de toilette une petite fiole allongée et ouvrit la porte.

Il aperçut juste devant lui, dans le pâle clair de lune, un vieil homme d'aspect terrible.

Les yeux paraissaient comme des charbons rouges. Une longue chevelure grise tombait en mèches agglomérées sur ses épaules. Ses vêtements, d'une coupe antique, étaient salis, déchirés. De ses poignets et de ses chevilles pendaient de lourdes chaînes et des entraves rouillées.

« Mon cher Monsieur, dit M. Otis, permettez-moi de vous prier instamment d'huiler ces chaînes. Je vous ai apporté tout exprès une petite bouteille du Graisseur de Tammany-

Rising Sun Lubricator. It is said to be completely efficacious upon one application, and there are several testimonials to that effect on the wrapper from some of our most eminent native divines. I shall leave it here for you by the bedroom candles, and will be happy to supply you with more should you require it.'

With these words the United States Minister laid the bottle down on a marble table, and, closing his door, retired to rest.

For a moment the Canterville ghost stood quite motionless in natural indignation.

Then, dashing the bottle violently upon the polished floor, he fled down the corridor, uttering hollow groans, and emitting a ghastly green light.

Just, however, as he reached the top of the great oak staircase, a door was flung open, two little white-robed figures appeared, and a large pillow whizzed past his head!

There was evidently no time to be lost, so, hastily adopting the Fourth Dimension of Space as a means of escape, he vanished through the wainscoting, and the house became quite quiet.

On reaching a small secret chamber in the left wing, he leaned up against a moonbeam to recover his breath, and began to try and realise his position.

Never, in a brilliant and uninterrupted career of three hundred years, had he been so grossly insulted.

Soleil-Levant. On dit qu'une seule application est très efficace, et sur l'enveloppe il y a plusieurs certificats des plus éminents théologiens de chez nous qui en font foi. Je vais la laisser ici pour vous à côté des bougeoirs, et je me ferai un plaisir de vous en procurer davantage, si vous le désirez. »

Sur ces mots, le ministre des États-unis posa la fiole sur une table de marbre, ferma la porte, et se remit au lit.

Pendant quelques instants, le fantôme de Canterville resta immobile d'indignation.

Puis lançant rageusement la fiole sur le parquet ciré, il s'enfuit à travers le corridor, en poussant des grondements caverneux, et émettant une singulière lueur verte.

Néanmoins comme il arrivait au grand escalier de chêne, une porte s'ouvrit soudain. Deux petites silhouettes drapées de blanc se montrèrent, et un lourd oreiller lui frôla la tête.

Évidemment, il n'y avait pas de temps à perdre, aussi, utilisant comme moyen de fuite la quatrième dimension de l'espace, il s'évanouit à travers le badigeon, et la maison reprit sa tranquillité.

Parvenu dans un petit réduit secret de l'aile gauche, il s'adossa à un rayon de lune pour reprendre haleine, et se mit à réfléchir pour se rendre compte de sa situation.

Jamais dans une brillante carrière qui avait duré trois cents ans de suite, il n'avait été insulté aussi grossièrement.

He thought of the Dowager Duchess, whom he had frightened into a fit as she stood before the glass in her lace and diamonds; of the four housemaids, who had gone off into hysterics when he merely grinned at them through the curtains of one of the spare bedrooms; of the rector of the parish, whose candle he had blown out as he was coming late one night from the library, and who had been under the care of Sir William Gull ever since, a perfect martyr to nervous disorders; and of old Madame de Tremouillac, who, having wakened up one morning early and seen a skeleton seated in an arm-chair by the fire reading her diary, had been confined to her bed for six weeks with an attack of brain fever.

And, on her recovery, had become reconciled to the Church, and broken off her connection with that notorious sceptic Monsieur de Voltaire.

He remembered the terrible night when the wicked Lord Canterville was found choking in his dressing-room, with the knave of diamonds half-way down his throat, and confessed, just before he died, that he had cheated Charles James Fox out of £50,000 at Crockford's by means of that very card, and swore that the ghost had made him swallow it.

All his great achievements came back to him again, from the butler who had shot himself in the pantry because he had seen a green hand tapping at the window pane, to the beautiful Lady Stutfield, who was always obliged to wear a black velvet band round her throat

Il se rappela la duchesse douairière qu'il avait jetée dans une crise d'épouvante pendant qu'elle se contemplait, couverte de dentelles et de diamants devant la glace ; les quatre bonnes, qu'il avait affolées en des convulsions hystériques, rien qu'en leur faisant des grimaces entre les rideaux d'une des chambres d'amis ; le recteur de la paroisse dont il avait soufflé la bougie, pendant qu'il revenait de la bibliothèque, à une heure avancée et qui depuis était devenu un client assidu de sir William Gull, et un martyr de tous les genres de désordres nerveux ; la vieille madame de Trémouillac, qui se réveillant de bonne heure, avait vu dans le fauteuil, près du feu, un squelette occupé à lire le journal qu'elle rédigeait ; et avait été condamnée à garder le lit pendant six mois par une attaque de fièvre cérébrale.

Une fois remise, elle s'était réconciliée avec l'Église, et avait rompu toutes relations avec ce sceptique avéré, M. de Voltaire.

Il se rappela aussi la nuit terrible où ce coquin de lord Canterville avait été trouvé râlant dans son cabinet de toilette, le valet de pique enfoncé dans sa gorge, et avait avoué qu'au moyen de cette même carte, il avait filouté à Charles Fox, chez Crockford, la somme de 10, 000 livres. Il jurait que le fantôme lui avait fait avaler cette carte.

Tous ses grands exploits lui revenaient à la mémoire. Il vit défiler le sommelier qui s'était brûlé la cervelle pour avoir vu une main verte tambouriner sur la vitre ; et la belle lady Steelfield, qui était condamnée à porter au cou un collier de velours noir

to hide the mark of five fingers burnt upon her white skin, and who drowned herself at last in the carp-pond at the end of the King's Walk.

With the enthusiastic egotism of the true artist he went over his most celebrated performances, and smiled bitterly to himself as he recalled to mind his last appearance as 'Red Ruben, or the Strangled Babe,' his *début* as 'Gaunt Gibeon, the Blood-sucker of Bexley Moor,' and the *furore* he had excited one lovely June evening by merely playing ninepins with his own bones upon the lawn-tennis ground.

And after all this, some wretched modern Americans were to come and offer him the Rising Sun Lubricator, and throw pillows at his head!

It was quite unbearable.

Besides, no ghosts in history had ever been treated in this manner.

Accordingly, he determined to have vengeance, and remained till daylight in an attitude of deep thought.

pour cacher la marque de cinq doigts imprimés comme du fer rouge sur sa peau blanche, et qui avait fini par se noyer dans le vivier au bout de l'Allée du Roi.

Et tout plein de l'enthousiasme égotiste du véritable artiste, il passa en revue ses rôles les plus célèbres. Il s'adressa un sourire amer, en évoquant sa dernière apparition dans le rôle de « Ruben le Rouge ou le nourrisson étranglé » son début dans celui de « Gibéon le Vampire maigre de la lande de Bexley », et la *furore* qu'il avait excitée par une charmante soirée de juin, rien qu'en jouant aux quilles avec ses propres ossements sur la pelouse du lawn-tennis.

Et tout cela pour aboutir à quoi ? De misérables Américains modernes venaient lui offrir le *Graisseur à la marque du Soleil Levant !* et ils lui jetaient des oreillers à la tête !

C'était absolument intolérable.

En outre, l'histoire nous apprend que jamais fantôme ne fut traité de cette sorte.

La conclusion qu'il en tira, c'est qu'il devait prendre sa revanche, et il resta jusqu'au lever du jour dans une attitude de profonde méditation.

CHAPTER 3

The next morning when the Otis family met at breakfast, they discussed the ghost at some length.

The United States Minister was naturally a little annoyed to find that his present had not been accepted.

'I have no wish,' he said, 'to do the ghost any personal injury, and I must say that, considering the length of time he has been in the house, I don't think it is at all polite to throw pillows at him'—a very just remark, at which, I am sorry to say, the twins burst into shouts of laughter.

'Upon the other hand,' he continued, 'if he really declines to use the Rising Sun Lubricator, we shall have to take his chains from him. It would be quite impossible to sleep, with such a noise going on outside the bedrooms.'

For the rest of the week, however, they were undisturbed.

CHAPITRE 3

Le lendemain, quand le déjeuner réunit la famille Otis, on discuta assez longuement sur le fantôme.

Le ministre des États-unis était, naturellement, un peu froissé de voir que son offre n'avait pas été agréée :

« Je n'ai nullement l'intention de faire au fantôme une injure personnelle, fit-il, et je reconnais que vu la longue durée de son séjour dans la maison, ce n'était pas du tout poli de lui jeter des oreillers à la tête… (Je suis fâché d'avoir à dire que cette observation si juste provoqua chez les jumeaux une explosion de rires.)

» Mais d'autre part, reprit M. Otis, s'il persiste pour tout de bon à ne pas employer le Graisseur à la marque Soleil Levant, il faudra que nous lui enlevions ses chaînes. Il n'y aurait plus moyen de dormir avec tout ce bruit à la porte des chambres à coucher. »

Néanmoins, pendant le reste de la semaine, on ne fut pas dérangé.

The only thing that excited any attention being the continual renewal of the blood-stain on the library floor.

This certainly was very strange, as the door was always locked at night by Mr. Otis, and the windows kept closely barred.

The chameleon-like colour, also, of the stain excited a good deal of comment.

Some mornings it was a dull (almost Indian) red, then it would be vermilion, then a rich purple, and once when they came down for family prayers, according to the simple rites of the Free American Reformed Episcopalian Church, they found it a bright emerald-green.

These kaleidoscopic changes naturally amused the party very much, and bets on the subject were freely made every evening.

The only person who did not enter into the joke was little Virginia, who, for some unexplained reason, was always a good deal distressed at the sight of the blood-stain, and very nearly cried the morning it was emerald-green.

The second appearance of the ghost was on Sunday night.

Shortly after they had gone to bed they were suddenly alarmed by a fearful crash in the hall.

La seule chose qui attirât quelque attention, c'était la réapparition continuelle de la tache de sang sur le parquet de la bibliothèque.

C'était certes bien étrange, d'autant plus que la porte en était toujours fermée à clef, le soir, par M. Otis, et qu'on tenait les fenêtres soigneusement closes.

Les changements de teinte que subissait la tache, comparables à ceux d'un caméléon, produisirent aussi de fréquents commentaires.

Certains matins, elle était d'un rouge foncé, presque d'un rouge indien : d'autres fois, elle était vermillon ; puis d'un pourpre riche, et une fois, quand on descendit pour faire la prière conformément aux simples rites de la libre Église épiscopale réformée d'Amérique, on la trouva d'un beau vert-émeraude.

Naturellement ces permutations de kaléidoscope amusèrent beaucoup la troupe, et on faisait chaque soir des paris sans se gêner.

La seule personne qui ne prit point de part à la plaisanterie était la petite Virginie. Pour certaine raison ignorée, elle était toujours vivement impressionnée à la vue de la tache de sang, et elle fut bien près de pleurer le matin où la tache parut vert-émeraude.

Le fantôme fit sa seconde apparition une nuit de dimanche.

Peu de temps après qu'on fut couché, on fut soudain alarmé par un énorme fracas qui s'entendit dans le hall.

Rushing downstairs, they found that a large suit of old armour had become detached from its stand, and had fallen on the stone floor, while, seated in a high-backed chair, was the Canterville ghost, rubbing his knees with an expression of acute agony on his face.

The twins, having brought their pea-shooters with them, at once discharged two pellets on him, with that accuracy of aim which can only be attained by long and careful practice on a writing-master, while the United States Minister covered him with his revolver, and called upon him, in accordance with Californian etiquette, to hold up his hands! The ghost started up with a wild shriek of rage, and swept through them like a mist, extinguishing Washington Otis's candle as he passed, and so leaving them all in total darkness.

On reaching the top of the staircase he recovered himself, and determined to give his celebrated peal of demoniac laughter.

This he had on more than one occasion found extremely useful. It was said to have turned Lord Raker's wig grey in a single night, and had certainly made three of Lady Canterville's French governesses give warning before their month was up.

On descendit à la hâte, et on trouva qu'une armure complète s'était détachée de son support, et était tombée sur les dalles.

Tout près de là, assis dans un fauteuil au dossier élevé, le fantôme de Canterville se frictionnait les genoux avec une expression de vive souffrance peinte sur la figure.

Les jumeaux, qui s'étaient munis de leurs sarbacanes, lui lancèrent aussitôt deux boulettes avec cette sûreté de coup d'œil qu'on ne peut acquérir qu'à force d'exercices longs et patients sur le professeur d'écriture.

Pendant ce temps-là, le ministre des États-unis tenait le fantôme dans la ligne de son revolver, et conformément à l'étiquette californienne, le sommait de lever les mains en l'air. Le fantôme se leva brusquement en poussant un cri de fureur sauvage, et se dissipa au milieu d'eux, comme un brouillard, en éteignant au passage la bougie de Washington Otis, et laissant tout le monde dans la plus complète obscurité.

Quand il fut au haut de l'escalier, il reprit possession de lui-même, et se décida à lancer son célèbre carillon d'éclats de rire sataniques.

En maintes occasions, il avait expérimenté l'utilité de ce procédé. On raconte que cela avait fait grisonner en une seule nuit la perruque de lord Raker. Il est certain qu'il n'en avait pas fallu davantage pour décider les trois gouvernantes françaises à donner leur démission avant d'avoir fini leur premier mois.

He accordingly laughed his most horrible laugh, till the old vaulted roof rang and rang again, but hardly had the fearful echo died away when a door opened, and Mrs. Otis came out in a light blue dressing-gown.

'I am afraid you are far from well,' she said, 'and have brought you a bottle of Dr. Dobell's tincture. If it is indigestion, you will find it a most excellent remedy.'

The ghost glared at her in fury, and began at once to make preparations for turning himself into a large black dog, an accomplishment for which he was justly renowned, and to which the family doctor always attributed the permanent idiocy of Lord Canterville's uncle, the Hon. Thomas Horton.

The sound of approaching footsteps, however, made him hesitate in his fell purpose, so he contented himself with becoming faintly phosphorescent, and vanished with a deep churchyard groan, just as the twins had come up to him.

On reaching his room he entirely broke down, and became a prey to the most violent agitation.

The vulgarity of the twins, and the gross materialism of Mrs. Otis, were naturally extremely annoying, but what really distressed him most was, that he had been unable to wear the suit of mail.

En conséquence il lança son éclat de rire le plus horrible, réveillant de proche en proche les échos sous les antiques voûtes, mais à peine les terribles sonorités s'étaient-elles éteintes qu'une porte s'ouvrit, et qu'apparut en robe bleu-clair Mrs Otis.

« Je crains, dit-elle, que vous ne soyez indisposé, et je vous ai apporté une fiole de la teinture du docteur Dobell. Si c'est une indigestion, ça vous fera beaucoup de bien. »

Le fantôme la regarda avec des yeux flambants de fureur, et se mit en mesure de se changer en un gros chien noir. C'était un tour qui lui avait valu une réputation bien méritée, et auquel le médecin de la famille attribuait toujours l'idiotie incurable de l'oncle de lord Canterville, l'honorable Thomas Horton.

Mais le bruit de pas qui se rapprochaient le fit chanceler dans sa cruelle résolution, et il se contenta de se rendre légèrement phosphorescent. Puis, il s'évanouit, après avoir poussé un gémissement sépulcral, car les jumeaux allaient le rattraper.

Rentré chez lui, il se sentit brisé, en proie à la plus violente agitation.

La vulgarité des jumeaux, le grossier matérialisme de Mrs Otis, tout cela était certes très vexant, mais ce qui l'humiliait le plus, c'est qu'il n'avait pas la force de porter la cotte de mailles.

He had hoped that even modern Americans would be thrilled by the sight of a Spectre In Armour, if for no more sensible reason, at least out of respect for their national poet Longfellow, over whose graceful and attractive poetry he himself had whiled away many a weary hour when the Cantervilles were up in town.

Besides, it was his own suit.

He had worn it with great success at the Kenilworth tournament, and had been highly complimented on it by no less a person than the Virgin Queen herself.

Yet when he had put it on, he had been completely overpowered by the weight of the huge breastplate and steel casque, and had fallen heavily on the stone pavement, barking both his knees severely, and bruising the knuckles of his right hand.

For some days after this he was extremely ill, and hardly stirred out of his room at all, except to keep the blood-stain in proper repair.

However, by taking great care of himself, he recovered, and resolved to make a third attempt to frighten the United States Minister and his family.

He selected Friday, the 17th of August, for his appearance, and spent most of that day in looking over his wardrobe, ultimately deciding in favour of a large slouched hat with a red feather, a winding-sheet frilled at the wrists and neck, and a rusty dagger.

Il avait compté faire impression même sur des Américains modernes, les faire frissonner à la vue d'un spectre cuirassé, sinon par des motifs raisonnables, du moins par déférence pour leur poète national Longfellow[1], dont les poésies gracieuses et attrayantes l'avaient aidé bien souvent à tuer le temps, pendant que les Canterville étaient à Londres.

En outre, c'était sa propre armure.

Il l'avait portée avec grand succès au tournoi de Kenilworth, et avait été chaudement complimenté par la Reine Vierge en personne.

Mais quand il avait voulu la mettre, il avait été absolument écrasé par le poids de l'énorme cuirasse, du heaume d'acier. Il était tombé lourdement sur les dalles de pierre, s'était cruellement écorché les genoux, et contusionné le poignet droit.

Pendant plusieurs jours, il fut très malade, et faisait à peine quelques pas hors de chez lui, juste ce qu'il fallait pour maintenir en bon état la tache de sang.

Néanmoins, à force de soins, il finit par se remettre, et il décida de faire une troisième tentative pour enrayer le ministre des États-unis et sa famille.

Il choisit pour sa rentrée en scène le vendredi 17 août, et consacra une grande partie de cette journée-là à passer la revue de ses costumes. Son choix se fixa, enfin, sur un chapeau à bords relevés d'un côté et rabattus de l'autre, avec une plume rouge, un linceul effiloché aux manches et au collet, enfin un poignard rouillé.

---

1. Longfelow a publié le *Squelette dans sa cuirasse*, poésie, inspirée par la découverte à Newport d'un squelette cuirassé. (Note du traducteur.)

Towards evening a violent storm of rain came on, and the wind was so high that all the windows and doors in the old house shook and rattled. In fact, it was just such weather as he loved.

His plan of action was this.

He was to make his way quietly to Washington Otis's room, gibber at him from the foot of the bed, and stab himself three times in the throat to the sound of slow music.

He bore Washington a special grudge, being quite aware that it was he who was in the habit of removing the famous Canterville blood-stain, by means of Pinkerton's Paragon Detergent.

Having reduced the reckless and foolhardy youth to a condition of abject terror, he was then to proceed to the room occupied by the United States Minister and his wife, and there to place a clammy hand on Mrs. Otis's forehead, while he hissed into her trembling husband's ear the awful secrets of the charnel-house.

With regard to little Virginia, he had not quite made up his mind. She had never insulted him in any way, and was pretty and gentle.

A few hollow groans from the wardrobe, he thought, would be more than sufficient, or, if that failed to wake her, he might grabble at the counterpane with palsy-twitching fingers.

Vers le soir, un violent orage de pluie éclata. Le vent était si fort qu'il secouait et faisait battre portes et fenêtres dans la vieille maison. Bref, c'était bien le temps qu'il lui fallait.

Voici ce qu'il comptait faire.

Il se rendrait sans bruit dans la chambre de Washington Otis, lui jargonnerait des phrases, en se tenant au pied du lit, et lui planterait trois fois son poignard dans la gorge, au son d'une musique étouffée.

Il en voulait tout particulièrement à Washington, car il savait parfaitement que c'était Washington qui avait l'habitude constante d'enlever la fameuse tache de sang de Canterville, par l'emploi du Nettoyeur incomparable de Pinkerton.

Après avoir réduit à un état de terreur abjecte le téméraire, l'insouciant jeune homme, il devait ensuite pénétrer dans la chambre, occupée par le ministre des États-unis et sa femme. Alors il poserait une main visqueuse sur le front de Mrs Otis, pendant que d'une voix sourde, il murmurerait à l'oreille de son mari tremblant les secrets terribles du charnier.

En ce qui concernait la petite Virginie, il n'était pas tout à fait fixé. Elle ne l'avait jamais insulté en aucune façon. Elle était jolie et douce.

Quelques grognements sourds partant de l'armoire, cela lui semblait plus que suffisant, et si ce n'était pas assez pour la réveiller, il irait jusqu'à tirailler la courte pointe avec ses doigts secoués par la paralysie.

As for the twins, he was quite determined to teach them a lesson. The first thing to be done was, of course, to sit upon their chests, so as to produce the stifling sensation of nightmare. Then, as their beds were quite close to each other, to stand between them in the form of a green, icy-cold corpse, till they became paralysed with fear, and finally, to throw off the winding-sheet, and crawl round the room, with white bleached bones and one rolling eye-ball, in the character of 'Dumb Daniel, or the Suicide's Skeleton,' a *rôle* in which he had on more than one occasion produced a great effect, and which he considered quite equal to his famous part of 'Martin the Maniac, or the Masked Mystery.'

At half-past ten he heard the family going to bed.

For some time he was disturbed by wild shrieks of laughter from the twins, who, with the light-hearted gaiety of schoolboys, were evidently amusing themselves before they retired to rest, but at a quarter past eleven all was still, and, as midnight sounded, he sallied forth.

The owl beat against the window panes, the raven croaked from the old yew-tree, and the wind wandered moaning round the house like a lost soul; but the Otis family slept unconscious of their doom, and high above the rain and storm he could hear the steady snoring of the Minister for the United States.

Pour les jumeaux, il était tout à fait résolu à leur donner une leçon, la première chose à faire certes serait de s'asseoir sur leurs poitrines, de façon à produire la sensation étouffante du cauchemar. Puis, profitant de ce que leurs lits étaient très rapprochés, il se dresserait dans l'espace libre entre eux, sous l'aspect d'un cadavre vert, froid comme la glace, jusqu'à ce qu'ils fussent paralysés par la terreur. Ensuite, jetant brusquement son suaire, il ferait à quatre pattes le tour de la pièce, en squelette blanchi par le temps, avec un œil roulant dans l'orbite, jouant aussi le « Daniel le Muet ou le Squelette du Suicidé », rôle dans lequel il avait en maintes occasions produit un grand effet. Il s'y jugeait aussi bon que dans son autre rôle « Martin le Maniaque ou le Mystère masqué ».

À dix heures et demie, il entendit la famille qui montait se coucher.

Pendant quelques instants, il fut inquiété par les tumultueux éclats de rire des jumeaux qui, évidemment, avec leur folle gaieté d'écoliers, s'amusaient avant de se mettre au lit, mais à onze heures et quart tout était redevenu silencieux, et quand sonna minuit, il se mit en marche.

La chouette se heurtait contre les vitres de la fenêtre. Le corbeau croassait dans le creux d'un vieil if, et le vent gémissait en errant autour de la maison comme une âme en peine, mais la famille Otis dormait sans se douter aucunement du sort qui l'attendait. Il percevait distinctement les ronflements réguliers du ministre des États-unis par-dessus le bruit de la pluie et de l'orage.

He stepped stealthily out of the wainscoting, with an evil smile on his cruel, wrinkled mouth, and the moon hid her face in a cloud as he stole past the great oriel window, where his own arms and those of his murdered wife were blazoned in azure and gold.

On and on he glided, like an evil shadow, the very darkness seeming to loathe him as he passed. Once he thought he heard something call, and stopped; but it was only the baying of a dog from the Red Farm, and he went on, muttering strange sixteenth-century curses, and ever and anon brandishing the rusty dagger in the midnight air.

Finally he reached the corner of the passage that led to luckless Washington's room.

For a moment he paused there, the wind blowing his long grey locks about his head, and twisting into grotesque and fantastic folds the nameless horror of the dead man's shroud.

Then the clock struck the quarter, and he felt the time was come.

He chuckled to himself, and turned the corner; but no sooner had he done so, than, with a piteous wail of terror, he fell back, and hid his blanched face in his long, bony hands.

Right in front of him was standing a horrible spectre, motionless as a carven image, and monstrous as a madman's dream!

Il se glissa furtivement à travers le badigeon. Un mauvais sourire se dessinait sur sa bouche cruelle et plissée, et la lune cacha sa figure derrière un nuage lorsqu'il passa devant la grande baie ogivale où étaient représentées en bleu et or ses propres armoiries et celles de son épouse assassinée.

Il allait toujours, glissait comme une ombre funeste, qui semblait faire reculer d'horreur les ténèbres elles-mêmes sur son passage. Une fois, il crut entendre quelqu'un qui appelait ; il s'arrêta, mais ce n'était qu'un chien qui aboyait, dans la Ferme Rouge. Il se remit en marche, en marmottant d'étranges jurons du seizième siècle, et brandissant de temps à autre le poignard rouillé dans la brise de minuit.

Enfin il arriva à l'angle du passage qui conduisait à la chambre de l'infortuné Washington.

Il y fit une courte pause. Le vent agitait autour de sa tête ses longues mèches grises, contournait en plis grotesques et fantastiques l'horreur indicible du suaire de cadavre.

Alors la pendule sonna le quart. Il comprit que le moment était venu.

Il s'adressa un ricanement, et tourna l'angle. Mais à peine avait-il fait ce pas, qu'il recula en poussant un pitoyable gémissement de terreur en cachant sa face blême dans ses longues mains osseuses.

Juste en face de lui se tenait un horrible spectre, immobile comme une statue, monstrueux comme le rêve d'un fou.

Its head was bald and burnished; its face round, and fat, and white; and hideous laughter seemed to have writhed its features into an eternal grin. From the eyes streamed rays of scarlet light, the mouth was a wide well of fire, and a hideous garment, like to his own, swathed with its silent snows the Titan form.

On its breast was a placard with strange writing in antique characters, some scroll of shame it seemed, some record of wild sins, some awful calendar of crime, and, with its right hand, it bore aloft a falchion of gleaming steel.

Never having seen a ghost before, he naturally was terribly frightened, and, after a second hasty glance at the awful phantom, he fled back to his room, tripping up in his long winding-sheet as he sped down the corridor, and finally dropping the rusty dagger into the Minister's jack-boots, where it was found in the morning by the butler.

Once in the privacy of his own apartment, he flung himself down on a small pallet-bed, and hid his face under the clothes. After a time, however, the brave old Canterville spirit asserted itself, and he determined to go and speak to the other ghost as soon as it was daylight.

Accordingly, just as the dawn was touching the hills with silver, he returned towards the spot where he had first laid eyes on the grisly phantom, feeling that, after all, two ghosts were better than one,

La tête du spectre était chauve et luisante, la face ronde, potelée, et blanche ; un rire hideux semblait en avoir tordu les traits en une grimace éternelle ; par les yeux sortait à flots une lumière rouge écarlate. La bouche avait l'air d'un vaste puits de feu, et un vêtement hideux comme celui de Simon lui-même, drapait de sa neige silencieuse la forme titanique.

Sur la poitrine était fixé un placard portant une inscription en caractères étranges, antiques. C'était peut-être un écriteau d'infamie, où étaient inscrits des forfaits affreux, une terrible liste de crimes. Enfin, dans sa main droite, il tenait un cimeterre d'acier étincelant.

Comme il n'avait jamais vu de fantômes jusqu'à ce jour, il éprouva naturellement une terrible frayeur, et après avoir vite jeté un second regard sur l'affreux fantôme, il regagna sa chambre à grands pas, en trébuchant dans le linceul dont il était enveloppé. Il parcourut le corridor en courant, et finit par laisser tomber le poignard rouillé dans les bottes à l'écuyère du ministre, où le lendemain, le maître d'hôtel le retrouva.

Une fois rentré dans l'asile de son retrait, il se laissa tomber sur un petit lit de sangle, et se cacha la figure sous les draps. Mais, au bout d'un moment, le courage indomptable des Canterville d'autrefois se réveilla en lui, et il prit la résolution d'aller parler à l'autre fantôme, dès qu'il ferait jour.

En conséquence, dès que l'aube eut argenté de son contact les collines, il retourna à l'endroit où il avait aperçu pour la première fois le hideux fantôme. Il se disait qu'après tout deux fantômes valaient mieux qu'un seul,

and that, by the aid of his new friend, he might safely grapple with the twins. On reaching the spot, however, a terrible sight met his gaze.

Something had evidently happened to the spectre, for the light had entirely faded from its hollow eyes, the gleaming falchion had fallen from its hand, and it was leaning up against the wall in a strained and uncomfortable attitude.

He rushed forward and seized it in his arms, when, to his horror, the head slipped off and rolled on the floor, the body assumed a recumbent posture, and he found himself clasping a white dimity bed-curtain, with a sweeping-brush, a kitchen cleaver, and a hollow turnip lying at his feet!

Unable to understand this curious transformation, he clutched the placard with feverish haste, and there, in the grey morning light, he read these fearful words: —

YE OLDE GHOSTE

Ye Onlie True and Originale Spook.

Beware of Ye Imitationes.

All others are Counterfeite.

The whole thing flashed across him.

He had been tricked, foiled, and outwitted!

The old Canterville look came into his eyes; he ground his toothless gums together; and, raising his withered hands high above his head, swore,

et qu'avec l'aide de son nouvel ami, il pourrait se colleter victorieusement avec les jumeaux. Mais quand il fut à l'endroit, il se trouva en présence d'un terrible spectacle.

Il était évidemment arrivé quelque chose au spectre, car la lumière avait complètement disparu de ses orbites. Le cimeterre étincelant était tombé de sa main, et il se tenait adossé au mur dans une attitude contrainte et incommode.

Simon s'élança en avant, et le saisit dans ses bras, mais quelle fut son horreur, en voyant la tête se détacher, et rouler sur le sol, le corps prendre la posture couchée, et il s'aperçut qu'il étreignait un rideau de grosse toile blanche, et qu'un balai, un couperet de cuisine, et un navet évidé gisaient à ses pieds.

Ne comprenant rien à cette curieuse transformation, il saisit d'une main fiévreuse l'écriteau, et y lut, grâce à la lueur grise du matin, ces mots terribles :

Voici le Fantôme Otis
Le seul véritable et authentique Esprit
Se défier des imitations
Tous les autres sont des contrefaçons

Et toute la vérité lui apparut comme dans un éclair.

Il avait été berné, mystifié, joué !

L'expression qui caractérisait le regard des vieux Canterville reparut dans ses yeux ; il serra ses mâchoires édentées, et levant au-dessus de sa tête, ses mains flétries, il jura,

according to the picturesque phraseology of the antique school, that when Chanticleer had sounded twice his merry horn, deeds of blood would be wrought, and Murder walk abroad with silent feet.

Hardly had he finished this awful oath when, from the red-tiled roof of a distant homestead, a cock crew.

He laughed a long, low, bitter laugh, and waited. Hour after hour he waited, but the cock, for some strange reason, did not crow again.

Finally, at half-past seven, the arrival of the housemaids made him give up his fearful vigil, and he stalked back to his room, thinking of his vain hope and baffled purpose.

There he consulted several books of ancient chivalry, of which he was exceedingly fond, and found that, on every occasion on which his oath had been used, Chanticleer had always crowed a second time.

'Perdition seize the naughty fowl,' he muttered, 'I have seen the day when, with my stout spear, I would have run him through the gorge, and made him crow for me an 'twere in death!'

He then retired to a comfortable lead coffin, and stayed there till evening.

conformément à la formule pittoresque de l'école antique, que quand Chanteclair aurait sonné deux fois son joyeux appel de cor, des exploits sanglants s'accompliraient, et que le Meurtre au pied silencieux sortirait de la retraite.

Il avait à peine fini d'énoncer ce redoutable serment, que d'une ferme lointaine au toit de tuiles rouges partit un chant de coq.

Il poussa un rire prolongé, lent, amer, et attendit. Il attendit une heure, puis une autre, mais pour quelque raison mystérieuse, le coq ne chanta pas une autre fois.

Enfin, vers sept heures et demie, l'arrivée des bonnes, le contraignit à quitter sa terrible faction, il rentra chez lui, d'un pas fier, en songeant à son vain serment, et à son vain projet manqué.

Là il consulta divers ouvrages sur l'ancienne chevalerie, dont la lecture l'intéressait extraordinairement, et il y vit que Chanteclair avait toujours chanté deux fois, dans les occasions où l'on avait eu recours à ce serment.

« Que le diable emporte cet animal de volatile ! murmurat-il. Dans le temps jadis, avec ma bonne lance, j'aurais fondu sur lui. Je lui aurais percé la gorge, et je l'aurais forcé à chanter une autre fois pour moi, dût-il en crever ! »

Cela dit, il se retira dans un confortable cercueil de plomb, et y resta jusqu'au soir.

Chapter 4

The next day the ghost was very weak and tired. The terrible excitement of the last four weeks was beginning to have its effect.

His nerves were completely shattered, and he started at the slightest noise.

For five days he kept his room, and at last made up his mind to give up the point of the blood-stain on the library floor. If the Otis family did not want it, they clearly did not deserve it. They were evidently people on a low, material plane of existence, and quite incapable of appreciating the symbolic value of sensuous phenomena.

The question of phantasmic apparitions, and the development of astral bodies, was of course quite a different matter, and really not under his control.

It was his solemn duty to appear in the corridor once a week, and to gibber from the large

CHAPITRE 4

Le lendemain, le fantôme se sentit très faible, très las. Les terribles agitations des quatre dernières semaines commençaient à produire leur effet.

Son système nerveux était complètement bouleversé, et il sursautait au plus léger bruit.

Il garda la chambre pendant cinq jours, et finit par se décider à faire une concession sur l'article de la tache de sang du parquet de la bibliothèque. Puisque la famille Otis n'en voulait pas, c'est qu'elle ne la méritait pas, c'était clair. Ces gens-là étaient évidemment situés sur un plan inférieur, matériel d'existence, et parfaitement incapables d'apprécier la valeur symbolique des phénomènes sensibles.

La question des apparitions de fantômes, le développement des corps astraux, étaient vraiment pour elle chose tout à fait étrangère, et qui n'était réellement pas à sa portée.

C'était pour lui un rigoureux devoir de se montrer dans le corridor une fois par semaine, et de bafouiller par la grande

oriel window on the first and third Wednesday in every month, and he did not see how he could honourably escape from his obligations.

It is quite true that his life had been very evil, but, upon the other hand, he was most conscientious in all things connected with the supernatural.

For the next three Saturdays, accordingly, he traversed the corridor as usual between midnight and three o'clock, taking every possible precaution against being either heard or seen.

He removed his boots, trod as lightly as possible on the old worm-eaten boards, wore a large black velvet cloak, and was careful to use the Rising Sun Lubricator for oiling his chains. I am bound to acknowledge that it was with a good deal of difficulty that he brought himself to adopt this last mode of protection.

However, one night, while the family were at dinner, he slipped into Mr. Otis's bedroom and carried off the bottle.

He felt a little humiliated at first, but afterwards was sensible enough to see that there was a great deal to be said for the invention, and, to a certain degree, it served his purpose.

Still, in spite of everything, he was not left unmolested.

Strings were continually being stretched across the corridor, over which he tripped in the dark, and on one occasion, while dressed for the part of 'Black Isaac,

fenêtre ogivale le premier et le troisième mercredi de chaque mois, et il ne voyait aucun moyen honorable et de se soustraire à son obligation.

Il était vrai que sa vie avait été très criminelle, mais d'un autre côté, il était très consciencieux dans tout ce qui concernait le surnaturel.

Aussi, les trois samedis qui suivirent, il traversa comme de coutume le corridor entre minuit et trois heures du matin, en prenant toutes les précautions possibles pour n'être ni entendu ni vu.

Il ôtait ses bottes, marchait le plus légèrement qu'il pouvait sur les vieilles planches vermoulues, s'enveloppait d'un grand manteau de velours noir, et n'oubliait pas de se servir du Graisseur Soleil Levant pour huiler ses chaînes. Je suis tenu de reconnaître que ce ne fut qu'après maintes hésitations qu'il se décida à adopter ce dernier moyen de protection.

Néanmoins, une nuit, pendant le dîner de la famille, il se glissa dans la chambre à coucher de M. Otis, et déroba la fiole.

Il se sentit d'abord quelque peu humilié, mais dans la suite, il fut assez raisonnable pour comprendre que cette invention méritait de grands éloges, et qu'elle concourait dans une certaine mesure, à favoriser ses plans.

Néanmoins, malgré tout, il ne fut pas à l'abri des taquineries.

On ne manquait jamais de tendre en travers du corridor des cordes qui le faisaient trébucher dans l'obscurité, et une fois qu'il s'était costumé pour le rôle « d'Isaac le Noir,

or the Huntsman of Hogley Woods,' he met with a severe fall, through treading on a butter-slide, which the twins had constructed from the entrance of the Tapestry Chamber to the top of the oak staircase.

This last insult so enraged him, that he resolved to make one final effort to assert his dignity and social position, and determined to visit the insolent young Etonians the next night in his celebrated character of 'Reckless Rupert, or the Headless Earl.'

He had not appeared in this disguise for more than seventy years; in fact, not since he had so frightened pretty Lady Barbara Modish by means of it, that she suddenly broke off her engagement with the present Lord Canterville's grandfather, and ran away to Gretna Green with handsome Jack Castleton, declaring that nothing in the world would induce her to marry into a family that allowed such a horrible phantom to walk up and down the terrace at twilight.

Poor Jack was afterwards shot in a duel by Lord Canterville on Wandsworth Common, and Lady Barbara died of a broken heart at Tunbridge Wells before the year was out, so, in every way, it had been a great success.

It was, however, an extremely difficult 'make-up,' if I may use such a theatrical expression in connection with one of the greatest mysteries of the supernatural, or, to employ a more scientific term, the higher-natural world, and it took him fully three hours to make his preparations.

ou le Chasseur du Bois de Hogsley », il fit une lourde chute, pour avoir mis le pied sur une glissoire de planches savonnées que les jumeaux avaient bâtie depuis le seuil de la Chambre aux Tapisseries jusqu'en haut de l'escalier de chêne.

Ce dernier affront le mit dans une telle rage, qu'il résolut de faire un suprême effort pour imposer sa dignité et raffermir sa position sociale, et forma le projet de rendre visite, la nuit suivante, aux insolents jeunes Etoniens, en son célèbre rôle de « Rupert le téméraire, ou le Comte sans tête ».

Il ne s'était jamais montré dans ce déguisement depuis soixante-dix ans, c'est-à-dire depuis qu'il avait, par ce moyen, fait à la belle lady Barbara Modish une telle frayeur qu'elle avait repris sa promesse de mariage au grand-père du lord Canterville actuel, et s'était enfuie à Gretna Green, avec le beau Jack Castleton, en jurant que pour rien au monde elle ne consentirait à s'allier à une famille qui tolérait les promenades d'un fantôme si horrible, sur la terrasse, au crépuscule.

Le pauvre Jack fut par la suite tué en duel par lord Canterville sur la prairie de Wandsworth, et lady Barbara mourut de chagrin à Tunbridge Wells, avant la fin de l'année, de sorte qu'à tous les points de vue, c'était un grand succès.

Néanmoins, c'était, si je puis employer un terme de l'argot théâtral pour l'appliquer à l'un des mystères les plus grands du monde surnaturel ou, pour parler un langage plus scientifique, du monde supérieur de la nature, c'était une création des plus difficiles, et il lui fallut trois bonnes heures pour terminer ses préparatifs.

At last everything was ready, and he was very pleased with his appearance.

The big leather riding-boots that went with the dress were just a little too large for him, and he could only find one of the two horse-pistols, but, on the whole, he was quite satisfied, and at a quarter past one he glided out of the wainscoting and crept down the corridor.

On reaching the room occupied by the twins, which I should mention was called the Blue Bed Chamber, on account of the colour of its hangings, he found the door just ajar.

Wishing to make an effective entrance, he flung it wide open, when a heavy jug of water fell right down on him, wetting him to the skin, and just missing his left shoulder by a couple of inches.

At the same moment he heard stifled shrieks of laughter proceeding from the four-post bed.

The shock to his nervous system was so great that he fled back to his room as hard as he could go, and the next day he was laid up with a severe cold.

The only thing that at all consoled him in the whole affair was the fact that he had not brought his head with him, for, had he done so, the consequences might have been very serious.

He now gave up all hope of ever frightening this rude American family, and contented himself, as a rule, with creeping about the passages in list slippers,

À la fin, tout fut prêt, et il fut très content de son travestissement.

Les grandes bottes à l'écuyère en cuir, qui étaient assorties avec le costume étaient bien un peu trop larges pour lui ; et il ne put retrouver qu'un des deux pistolets d'arçon, mais à tout prendre, il fut très satisfait ; et à une heure et quart, il passa à travers le badigeon, et descendit vers le corridor.

Quand il fut arrivé près de la pièce occupée par les jumeaux, et que j'appellerai la chambre à coucher bleue, à cause de la couleur des tentures, il trouva la porte entr'ouverte.

Afin de faire une entrée sensationnelle, il la poussa avec force, mais il reçut une lourde cruche pleine d'eau, qui le mouilla jusqu'aux os, et qui ne manqua son épaule que d'un pouce ou deux.

Au même moment, il perçut des éclats de rire étouffés, qui venaient du grand lit à dais.

Son système nerveux fut si violemment secoué qu'il rentra chez lui à toutes jambes, et le lendemain il resta alité avec un gros rhume.

La seule consolation qu'il trouva, c'est qu'il n'avait pas apporté sa tête sur lui ; sans cela les suites auraient pu être bien plus graves.

Désormais, il renonça à tout espoir de jamais épouvanter cette rude famille d'Américains, et se borna, à parcourir le corridor avec des chaussons de lisière,

with a thick red muffler round his throat for fear of draughts, and a small arquebuse, in case he should be attacked by the twins.

The final blow he received occurred on the 19th of September.

He had gone downstairs to the great entrance-hall, feeling sure that there, at any rate, he would be quite unmolested, and was amusing himself by making satirical remarks on the large Saroni photographs of the United States Minister and his wife, which had now taken the place of the Canterville family pictures.

He was simply but neatly clad in a long shroud, spotted with churchyard mould, had tied up his jaw with a strip of yellow linen, and carried a small lantern and a sexton's spade.

In fact, he was dressed for the character of 'Jonas the Graveless, or the Corpse-Snatcher of Chertsey Barn,' one of his most remarkable impersonations, and one which the Cantervilles had every reason to remember, as it was the real origin of their quarrel with their neighbour, Lord Rufford.

It was about a quarter past two o'clock in the morning, and, as far as he could ascertain, no one was stirring. As he was strolling towards the library, however, to see if there were any traces left of the blood-stain, suddenly there leaped out on him from a dark corner two figures, who waved their arms wildly above their heads, and shrieked out 'BOO!' in his ear.

le cou entouré d'un épais foulard, par crainte des courants d'air, et muni d'une petite arquebuse, pour le cas où il serait attaqué par les jumeaux.

Ce fut vers le 19 septembre qu'il reçut le coup de grâce.

Il était descendu par l'escalier jusque dans le grand hall, sûr que dans cet endroit du moins, il était à l'abri des taquineries ; et il s'amusait là à faire des remarques satiriques sur les grands portraits photographiés par Sarow, du ministre des États-unis et de sa femme, qui avaient pris la place des portraits de famille des Canterville.

Il était simplement mais décemment vêtu d'un long suaire parsemé de moisissures de cimetière. Il avait attaché sa mâchoire avec une bande d'étoffe jaune, et portait une petite lanterne et une bêche de fossoyeur.

Bref il était travesti dans le costume de « Jonas le Déterré ou le voleur de cadavres de Chertsey Barn. » C'était un de ses rôles les plus remarquables, et celui dont les Canterville avaient le plus de sujet de garder le souvenir, car là se trouvait la cause réelle de leur querelle avec leur voisin, lord Rufford.

Il était environ deux heures et quart du matin, et autant qu'il put en juger, personne ne bougeait dans la maison. Mais comme il se dirigeait à loisir du côté de la bibliothèque pour voir ce qui restait de la tache de sang, soudain il vit bondir vers lui d'un coin sombre deux silhouettes qui agitaient follement leurs bras au-dessus de leurs têtes, et lui criaient aux oreilles :

« Boum ! »

Seized with a panic, which, under the circumstances, was only natural, he rushed for the staircase, but found Washington Otis waiting for him there with the big garden-syringe; and being thus hemmed in by his enemies on every side, and driven almost to bay, he vanished into the great iron stove, which, fortunately for him, was not lit, and had to make his way home through the flues and chimneys, arriving at his own room in a terrible state of dirt, disorder, and despair.

After this he was not seen again on any nocturnal expedition.

The twins lay in wait for him on several occasions, and strewed the passages with nutshells every night to the great annoyance of their parents and the servants, but it was of no avail.

It was quite evident that his feelings were so wounded that he would not appear.

Mr. Otis consequently resumed his great work on the history of the Democratic Party, on which he had been engaged for some years; Mrs. Otis organised a wonderful clam-bake, which amazed the whole county; the boys took to lacrosse, euchre, poker, and other American national games; and Virginia rode about the lanes on her pony, accompanied by the young Duke of Cheshire, who had come to spend the last week of his holidays at Canterville Chase.

Pris de terreur panique, — ce qui était bien naturel dans la circonstance, — il se précipita du côté de l'escalier ; mais il s'y trouva en face de Washington Otis, qui l'attendait armé du grand arrosoir du jardin, si bien que cerné de tous côtés par ses ennemis, réduit presque aux abois, il s'évapora dans le grand poêle de fonte, qui, par bonheur pour lui n'était point allumé, et il se fraya un passage jusque chez lui, à travers tuyaux et cheminées, et arriva à son domicile, dans l'état terrible où l'avaient mis la saleté, l'agitation, et le désespoir.

Depuis on ne le revit jamais en expédition nocturne.

Les jumeaux se mirent maintes fois à l'affût pour le surprendre, et semèrent dans les corridors des coquilles de noix tous les soirs, au grand ennui de leurs parents et des domestiques, mais ce fut en vain.

Il était évident que son amour-propre avait été si profondément blessé, qu'il ne voulait plus se montrer.

En conséquence, M. Otis se remit à son grand ouvrage sur l'histoire du parti démocratique, qu'il avait commencé trois ans auparavant. Mrs Otis organisa un extraordinaire *clam-bake*[1], qui mit tout le pays en rumeur. Les enfants s'adonnèrent aux jeux de « la crosse », de l'écarté du poker, et autres amusements nationaux de l'Amérique. Virginia fît des promenades à cheval par les sentiers, en compagnie du jeune duc de Cheshire, qui était venu passer à Canterville la dernière semaine de vacances.

---

1. Un *clam-bake* est un plat de cuisine improvisé sur des pierres dans un pique-nique. On mélange pour obtenir cette tourte toute espèce d'ingrédients. (Note du Traducteur.)

It was generally assumed that the ghost had gone away, and, in fact, Mr. Otis wrote a letter to that effect to Lord Canterville, who, in reply, expressed his great pleasure at the news, and sent his best congratulations to the Minister's worthy wife.

The Otises, however, were deceived, for the ghost was still in the house, and though now almost an invalid, was by no means ready to let matters rest, particularly as he heard that among the guests was the young Duke of Cheshire, whose grand-uncle, Lord Francis Stilton, had once bet a hundred guineas with Colonel Carbury that he would play dice with the Canterville ghost, and was found the next morning lying on the floor of the card-room in such a helpless paralytic state, that though he lived on to a great age, he was never able to say anything again but 'Double Sixes.'

The story was well known at the time, though, of course, out of respect to the feelings of the two noble families, every attempt was made to hush it up; and a full account of all the circumstances connected with it will be found in the third volume of Lord Tattle's *Recollections of the Prince Regent and his Friends*.

The ghost, then, was naturally very anxious to show that he had not lost his influence over the Stiltons, with whom, indeed, he was distantly connected, his own first cousin having been married *en secondes noces* to the Sieur de Bulkeley, from whom, as every one knows, the Dukes of Cheshire are lineally descended.

Tout le monde supposait que le fantôme avait disparu ; de sorte que M. Otis écrivit à lord Canterville une lettre pour l'en informer, et reçut en réponse une autre lettre où celui-ci lui témoignait le plaisir que lui avait causé cette nouvelle, et envoyait ses plus sincères félicitations à la digne femme du ministre.

Mais les Otis se trompaient. Le fantôme était toujours à la maison ; et bien qu'il se portât très mal, il n'était nullement disposé à en rester là, surtout après avoir appris que du nombre des hôtes se trouvait le jeune duc de Cheshire, dont le grand oncle, lord Francis Stilton, avait une fois parié avec le colonel Carbury, qu'il jouerait aux dés avec le fantôme de Canterville.

Le lendemain, on l'avait trouvé gisant sur le carreau de la salle de jeu, dans un état de paralysie si complet, que malgré l'âge avancé qu'il atteignit, il ne put jamais prononcer d'autre mot que celui-ci : « Double six ! »

Cette histoire était bien connue en son temps, quoique, par égards pour les sentiments de deux familles nobles, on eût fait tout le possible pour l'étouffer ; et un récit détaillé de tout ce qui la concerne se trouve dans le troisième volume des *Mémoires de Lord Tattle sur le Prince Régent et ses amis.*

Dès lors, le fantôme désirait vraiment prouver qu'il n'avait pas perdu son influence sur les Stilton, avec lesquels il était d'ailleurs parent par alliance, sa cousine germaine ayant épousé en secondes noces le sieur de Bulkeley, duquel, ainsi que tout le monde le sait les ducs de Cheshire descendent en droite ligne.

Accordingly, he made arrangements for appearing to Virginia's little lover in his celebrated impersonation of 'The Vampire Monk, or, the Bloodless Benedictine,' a performance so horrible that when old Lady Startup saw it, which she did on one fatal New Year's Eve, in the year 1764, she went off into the most piercing shrieks, which culminated in violent apoplexy, and died in three days, after disinheriting the Cantervilles, who were her nearest relations, and leaving all her money to her London apothecary.

At the last moment, however, his terror of the twins prevented his leaving his room, and the little Duke slept in peace under the great feathered canopy in the Royal Bedchamber, and dreamed of Virginia.

En conséquence, il fit ses apprêts pour se montrer au petit amoureux de Virginia dans son fameux rôle du « Moine Vampire, ou le Bénédictin saigné à blanc ».

C'était un spectacle si épouvantable, que quand la vieille lady Startuy, l'avait vu jouer, c'est-à-dire la veille du nouvel an 1764, elle commença par pousser les cris les plus perçants, qui aboutirent à une violente attaque d'apoplexie et à son décès, au bout de trois jours, non sans qu'elle eût déshérité les Canterville et légué tout son argent à son pharmacien de Londres.

Mais au dernier moment la terreur, que lui inspiraient les jumeaux, l'empêcha de quitter sa chambre, et le petit duc dormit en paix dans le grand lit à baldaquin couronné de plumes de la Chambre royale, et rêva à Virginia.

Chapter 5

A few days after this, Virginia and her curly-haired cavalier went out riding on Brockley meadows, where she tore her habit so badly in getting through a hedge, that, on her return home, she made up her mind to go up by the back staircase so as not to be seen.

As she was running past the Tapestry Chamber, the door of which happened to be open, she fancied she saw some one inside, and thinking it was her mother's maid, who sometimes used to bring her work there, looked in to ask her to mend her habit.

To her immense surprise, however, it was the Canterville Ghost himself!

He was sitting by the window, watching the ruined gold of the yellowing trees fly through the air, and the red leaves dancing madly down the long avenue.

Chapter 5

Peu de jours après, Virginia et son amoureux aux cheveux frisés allèrent faire une promenade à cheval dans les prairies de Brockley, où elle déchira son amazone d'une manière si fâcheuse, en franchissant une haie que quand elle revint à la maison, elle prit le parti de passer par l'escalier de derrière, afin de n'être point vue.

Comme elle passait en courant devant la Chambre aux Tapisseries, dont la porte était ouverte, elle crut voir quelqu'un à l'intérieur. Elle pensa que c'était la femme de chambre de sa mère, car elle venait souvent travailler dans cette chambre. Elle y jeta un coup d'œil pour prier la femme de raccommoder son habit.

Mais à son immense surprise, c'était le fantôme de Canterville en personne !

Il était assis devant la fenêtre, contemplant l'or roussi des arbres jaunissants, qui voltigeait en l'air, les feuilles rougies qui dansaient follement tout le long de la grande avenue.

His head was leaning on his hand, and his whole attitude was one of extreme depression. Indeed, so forlorn, and so much out of repair did he look, that little Virginia, whose first idea had been to run away and lock herself in her room, was filled with pity, and determined to try and comfort him.

So light was her footfall, and so deep his melancholy, that he was not aware of her presence till she spoke to him.

'I am so sorry for you,' she said, 'but my brothers are going back to Eton to-morrow, and then, if you behave yourself, no one will annoy you.'

'It is absurd asking me to behave myself,' he answered, looking round in astonishment at the pretty little girl who had ventured to address him, 'quite absurd. I must rattle my chains, and groan through keyholes, and walk about at night, if that is what you mean. It is my only reason for existing.'

'It is no reason at all for existing, and you know you have been very wicked. Mrs. Umney told us, the first day we arrived here, that you had killed your wife.'

'Well, I quite admit it,' said the Ghost petulantly, 'but it was a purely family matter, and concerned no one else.'

'It is very wrong to kill any one,' said Virginia, who at times had a sweet Puritan gravity, caught from some old New England ancestor.

Il avait la tête appuyée sur sa main, et toute son attitude révélait le découragement le plus profond. Il avait vraiment l'air si abattu, si démoli, que la petite Virginia, au lieu de céder à son premier mouvement, qui avait été de courir s'enfermer dans sa chambre, fut remplie de compassion, et prit le parti d'aller le consoler.

Elle avait le pas si léger, et lui il avait la mélancolie si profonde, qu'il ne s'aperçut de sa présence que quand elle lui parla.

— Je suis bien fâchée pour vous, dit-elle, mais mes frères retournent à Eton demain. Alors si vous vous conduisez bien, personne ne vous tourmentera.

— C'est absurde de me demander que je me conduise bien, répondit-il en regardant d'un air stupéfait la petite fillette qui s'était enhardie à lui adresser la parole. C'est tout à fait absurde. Il faut que je secoue mes chaînes, que je grogne par les trous de serrures, que je déambule la nuit, si c'est là ce que vous entendez par se mal conduire. C'est ma seule raison d'être.

— Ce n'est pas du tout une raison d'être, et vous avez été bien méchant, savez-vous ? Mrs Umney nous a dit, le jour même de notre arrivée, que vous avez tué votre femme.

— Oui, j'en conviens, répondit étourdiment le fantôme. Mais c'était une affaire de famille, et cela ne regardait personne.

— C'est bien mal de tuer n'importe qui, dit Virginia, qui avait parfois un joli petit air de gravité puritaine, légué par quelque ancêtre venu de la Nouvelle-Angleterre.

'Oh, I hate the cheap severity of abstract ethics! My wife was very plain, never had my ruffs properly starched, and knew nothing about cookery. Why, there was a buck I had shot in Hogley Woods, a magnificent pricket, and do you know how she had it sent up to table? However, it is no matter now, for it is all over, and I don't think it was very nice of her brothers to starve me to death, though I did kill her.'

'Starve you to death? Oh, Mr. Ghost, I mean Sir Simon, are you hungry? I have a sandwich in my case. Would you like it?'

'No, thank you, I never eat anything now; but it is very kind of you, all the same, and you are much nicer than the rest of your horrid, rude, vulgar, dishonest family.'

'Stop!' cried Virginia, stamping her foot, 'it is you who are rude, and horrid, and vulgar, and as for dishonesty, you know you stole the paints out of my box to try and furbish up that ridiculous blood-stain in the library. First you took all my reds, including the vermilion, and I couldn't do any more sunsets, then you took the emerald-green and the chrome-yellow, and finally I had nothing left but indigo and Chinese white, and could only do moonlight scenes, which are always depressing to look at, and not at all easy to paint.

— Oh ! je ne puis souffrir la sévérité à bon compte de la morale abstraite. Ma femme était fort laide. Jamais elle n'empesait convenablement mes manchettes et elle n'entendait rien à la cuisine. Tenez, un jour j'avais tué un superbe mâle dans les bois de Hogley, un beau cerf de deux ans. Vous ne devineriez jamais comment elle me le servit. Mais n'en parlons plus. C'est une affaire finie maintenant, et je trouve que ce n'était pas très bien de la part de ses frères, de me faire mourir de faim bien que je l'aie tuée.

— Vous faire mourir de faim ! Oh ! Monsieur le Fantôme… Monsieur Simon, veux-je dire, est-ce que vous avez faim ? j'ai un sandwich dans ma cassette. Cela vous plairait-il ?

— Non, merci, je ne mange plus maintenant ; mais c'est tout de même très bon de votre part, et vous êtes bien plus gentille que le reste de votre horrible, rude, vulgaire, malhonnête famille ?

— Assez ! s'écria Virginia en frappant du pied. C'est vous qui êtes rude, et horrible, et vulgaire. Quant à la malhonnêteté, vous savez bien que vous m'avez volé mes couleurs dans ma boîte pour renouveler cette ridicule tache de sang dans la bibliothèque. Vous avez commencé par me prendre tous mes rouges, y compris le vermillon, de sorte qu'il m'est impossible de faire des couchers de soleil. Puis, vous avez pris le vert émeraude, et le jaune de chrome. Finalement il ne me reste plus que de l'indigo et du blanc de Chine. Je n'ai pu faire depuis que des clairs de lune, qui font toujours de la peine à regarder, et qui ne sont pas du tout commodes à colorier.

I never told on you, though I was very much annoyed, and it was most ridiculous, the whole thing; for who ever heard of emerald-green blood?'

'Well, really,' said the Ghost, rather meekly, 'what was I to do? It is a very difficult thing to get real blood nowadays, and, as your brother began it all with his Paragon Detergent, I certainly saw no reason why I should not have your paints. As for colour, that is always a matter of taste: the Cantervilles have blue blood, for instance, the very bluest in England; but I know you Americans don't care for things of this kind.'

'You know nothing about it, and the best thing you can do is to emigrate and improve your mind. My father will be only too happy to give you a free passage, and though there is a heavy duty on spirits of every kind, there will be no difficulty about the Custom House, as the officers are all Democrats. Once in New York, you are sure to be a great success. I know lots of people there who would give a hundred thousand dollars to have a grandfather, and much more than that to have a family Ghost.'

'I don't think I should like America.'

'I suppose because we have no ruins and no curiosities,' said Virginia satirically.

'No ruins! no curiosities!' answered the Ghost; 'you have your navy and your manners.'

Je n'ai jamais rien dit de vous, quoique j'aie été bien ennuyée, et tout cela, c'était parfaitement ridicule. Est-ce qu'on a jamais vu du sang vert émeraude ?

— Voyons, dit le fantôme, non sans douceur, qu'est-ce que je pouvais faire ? C'est chose très difficile par le temps qui court de se procurer du vrai sang, et puisque votre frère a commencé avec son *Détacheur incomparable*, je ne vois pas pourquoi je n'aurais pas employé vos couleurs à résister, Quant à la nuance, c'est une affaire de goût : ainsi par exemple, les Canterville ont le sang bleu, le sang le plus bleu qu'il y ait en Angleterre… Mais je sais que, vous autres Américains, vous ne faites aucun cas de ces choses-là.

— Vous n'en savez rien, et ce que vous pouvez faire de mieux, c'est d'émigrer, cela vous formera l'esprit. Mon père se fera un plaisir de vous donner un passage gratuit, et bien qu'il y ait des droits d'entrée fort élevés sur les esprits de toute sorte, on ne fera pas de difficultés à la douane. Tous les employés sont des démocrates. Une fois à New-York, vous pouvez compter sur un grand succès. Je connais des quantités de gens qui donneraient cent mille dollars pour avoir un grand-père, et qui donneraient beaucoup plus pour avoir un fantôme de famille.

— Je crois que je ne me plairais pas beaucoup en Amérique.

— C'est sans doute parce que nous n'avons pas de ruines, ni de curiosités, dit narquoisement Virginia.

— Pas de ruines ! pas de curiosités ? répondit le fantôme. Vous avez votre marine et vos manières.

'Good evening; I will go and ask papa to get the twins an extra week's holiday.'

'Please don't go, Miss Virginia,' he cried; 'I am so lonely and so unhappy, and I really don't know what to do. I want to go to sleep and I cannot.'

'That's quite absurd! You have merely to go to bed and blow out the candle. It is very difficult sometimes to keep awake, especially at church, but there is no difficulty at all about sleeping. Why, even babies know how to do that, and they are not very clever.'

'I have not slept for three hundred years,' he said sadly, and Virginia's beautiful blue eyes opened in wonder; 'for three hundred years I have not slept, and I am so tired.'

Virginia grew quite grave, and her little lips trembled like rose-leaves. She came towards him, and kneeling down at his side, looked up into his old withered face.

'Poor, poor Ghost,' she murmured; 'have you no place where you can sleep?'

'Far away beyond the pine-woods,' he answered, in a low dreamy voice, 'there is a little garden. There the grass grows long and deep, there are the great white stars of the hemlock flower, there the nightingale sings all night long. All night long he sings, and the cold, crystal moon looks down, and the yew-tree spreads out its giant arms over the sleepers.'

— Bonsoir, je vais demander à papa de faire accorder aux jumeaux une semaine supplémentaire de vacances.

— Je vous en prie, Miss Virginia, ne vous en allez pas, s'écria-t-il. Je suis si seul, si malheureux, et je ne sais vraiment plus que faire. Je voudrais aller me coucher, et je ne le puis pas.

— Mais c'est absurde ; vous n'avez qu'à vous mettre au lit et à éteindre la bougie. C'est parfois très difficile de rester éveillé, surtout à l'église, mais ça n'est pas difficile du tout de dormir. Tenez, les bébés savent très bien dormir ; cependant, ils ne sont pas des plus malins.

— Voilà trois cents ans que je n'ai pas dormi, dit-il tristement, ce qui fit que Virginia ouvrit tout grands ses beaux yeux bleus, tout étonnés. Voilà trois cents ans que je n'ai pas dormi, aussi suis-je bien fatigué.

Virginia prit un air tout à fait grave et ses fines lèvres s'agitèrent comme des pétales de rose. Elle s'approcha, s'agenouilla à côté de lui, et considéra la figure vieillie et ridée du fantôme.

— Pauvre, pauvre Fantôme, dit-elle à demi-voix, n'y a-t-il pas un endroit où vous pourriez dormir ?

— Bien loin au delà des bois de pins, répondit-il d'une voix basse et rêveuse, il y a un petit jardin. Là l'herbe pousse haute et drue ; là se voient les grandes étoiles blanches de la ciguë ; là le rossignol chante toute la nuit. Toute la nuit il chante, et la lune de cristal glacé regarde par là, et l'yeuse étend ses bras de géant au-dessus des dormeurs.

Virginia's eyes grew dim with tears, and she hid her face in her hands.

'You mean the Garden of Death,' she whispered.

'Yes, Death. Death must be so beautiful. To lie in the soft brown earth, with the grasses waving above one's head, and listen to silence. To have no yesterday, and no to-morrow. To forget time, to forgive life, to be at peace. You can help me. You can open for me the portals of Death's house, for Love is always with you, and Love is stronger than Death is.'

Virginia trembled, a cold shudder ran through her, and for a few moments there was silence. She felt as if she was in a terrible dream.

Then the Ghost spoke again, and his voice sounded like the sighing of the wind.

'Have you ever read the old prophecy on the library window?'

'Oh, often,' cried the little girl, looking up; 'I know it quite well. It is painted in curious black letters, and it is difficult to read. There are only six lines:

Les yeux de Virginia furent troublés par les larmes, et elle se cacha la figure dans les mains.

— Vous voulez parler du Jardin de la Mort, murmura-t-elle.

— Oui, de la Mort, cela doit être si beau ! Se reposer dans la molle terre brune, pendant que les herbes se balancent au-dessus de votre tête, et écouter le silence ! N'avoir pas d'hier, pas de lendemain. Oublier le temps, oublier la vie, être dans la paix. Vous pouvez m'y aider, vous pouvez m'ouvrir toutes grandes les portes, de la Mort, car l'Amour vous accompagne toujours et l'Amour est plus fort que la Mort.

Virginia trembla. Un frisson glacé la parcourut et pendant quelques instants régna le silence. Il lui semblait qu'elle était dans un rêve terrible.

Alors le Fantôme reprit la parole, d'une voix qui résonnait comme les soupirs du vent :

— Avez-vous jamais lu la vieille prophétie sur les vitraux de la bibliothèque ?

— Oh ! souvent, s'écria la fillette, en levant les yeux, je la connais très bien. Elle est peinte en curieuses lettres dorées, et elle est difficile à lire. Il n'y a que six vers :

When a golden girl can win
Prayer from out the lips of sin,
When the barren almond bears,
And a little child gives away its tears,
Then shall all the house be still
And peace come to Canterville.

But I don't know what they mean.'

'They mean,' he said sadly, 'that you must weep for me for my sins, because I have no tears, and pray with me for my soul, because I have no faith, and then, if you have always been sweet, and good, and gentle, the Angel of Death will have mercy on me. You will see fearful shapes in darkness, and wicked voices will whisper in your ear, but they will not harm you, for against the purity of a little child the powers of Hell cannot prevail.'

Virginia made no answer, and the Ghost wrung his hands in wild despair as he looked down at her bowed golden head.

Suddenly she stood up, very pale, and with a strange light in her eyes.

'I am not afraid,' she said firmly, 'and I will ask the Angel to have mercy on you.'

Lorsqu'une jeune fille blonde saura amener

Sur les lèvres du pécheur une prière,

Quand l'amandier stérile portera des fruits

Et qu'une enfant laissera couler ses pleurs,

Alors toute la maison retrouvera le calme,

Et la paix rentrera dans Canterville.

Mais je ne sais pas ce que cela signifie.

— Cela signifie que vous devez pleurer avec moi sur mes péchés, parce que moi je n'ai pas de larmes, que vous devez prier avec moi pour mon âme, parce que je n'ai point de foi et alors si vous avez toujours été douce, bonne et tendre, l'Ange de la Mort prendra pitié de moi. Vous verrez des êtres terribles dans les ténèbres, et des voix funestes murmureront à vos oreilles, mais ils ne pourront vous faire aucun mal, car contre la pureté d'une jeune enfant les puissances de l'Enfer ne sauraient prévaloir.

Virginia ne répondit pas, et le Fantôme se tordit les mains dans la violence de son désespoir, tout en regardant la tête blonde qui se penchait.

Soudain elle se redressa, très pâle, une lueur étrange dans les yeux.

— Je n'ai pas peur, dit-elle d'une voix ferme, et je demanderai à l'Ange d'avoir pitié de vous.

He rose from his seat with a faint cry of joy, and taking her hand bent over it with old-fashioned grace and kissed it.

His fingers were as cold as ice, and his lips burned like fire, but Virginia did not falter, as he led her across the dusky room. On the faded green tapestry were broidered little huntsmen. They blew their tasselled horns and with their tiny hands waved to her to go back.

'Go back! little Virginia,' they cried, 'go back!'

But the Ghost clutched her hand more tightly, and she shut her eyes against them.

Horrible animals with lizard tails, and goggle eyes, blinked at her from the carven chimney-piece, and murmured:

'Beware! little Virginia, beware! we may never see you again.'

But the Ghost glided on more swiftly, and Virginia did not listen. When they reached the end of the room he stopped, and muttered some words she could not understand. She opened her eyes, and saw the wall slowly fading away like a mist, and a great black cavern in front of her. A bitter cold wind swept round them, and she felt something pulling at her dress.

'Quick, quick,' cried the Ghost, 'or it will be too late.'

And, in a moment, the wainscoting had closed behind them, and the Tapestry Chamber was empty.

Il se leva de son siège, en poussant un faible cri de joie, prit la tête blonde entre ses mains avec une grâce qui rappelait le temps jadis, et la baisa.

Ses doigts étaient froids comme de la glace, et ses lèvres brûlantes comme du feu, mais Virginia ne faiblit pas, et il lui fit traverser la chambre sombre. Sur la tapisserie d'un vert fané étaient brodés de petits chasseurs. Ils soufflaient dans leurs cors ornés de franges, et de leurs mains mignonnes, ils lui faisaient signe de reculer.

« Reviens sur tes pas, petite Virginia. Va-t'en, va-t'en ! » criaient-ils.

Mais le fantôme ne lui serrait que plus fort la main, et elle ferma les yeux pour ne pas les voir.

D'horribles animaux à queue de lézards ; aux gros yeux saillants, clignotèrent aux angles de la cheminée sculptée et lui dirent à voix basse :

« Prends garde, petite Virginia, prends garde. Nous pourrons bien ne plus te revoir. »

Mais le Fantôme ne fit que hâter le pas, et Virginia n'écouta rien. Quand ils furent au bout de la pièce, il s'arrêta et murmura quelques mots qu'elle ne comprit pas. Elle rouvrit les yeux et vit le mur se dissiper lentement comme un brouillard, et devant elle s'ouvrit une noire caverne. Un âpre vent glacé les enveloppa, et elle sentit qu'on tirait sur ses vêtements.

— Vite, vite, cria le Fantôme, ou il sera trop tard.

Et au même instant, la muraille se referma derrière eux, et la chambre aux tapisseries resta vide.

CHAPTER 6

About ten minutes later, the bell rang for tea, and, as Virginia did not come down, Mrs. Otis sent up one of the footmen to tell her. After a little time he returned and said that he could not find Miss Virginia anywhere. As she was in the habit of going out to the garden every evening to get flowers for the dinner-table, Mrs. Otis was not at all alarmed at first, but when six o'clock struck, and Virginia did not appear, she became really agitated, and sent the boys out to look for her, while she herself and Mr. Otis searched every room in the house.

At half-past six the boys came back and said that they could find no trace of their sister anywhere.

They were all now in the greatest state of excitement, and did not know what to do, when Mr. Otis suddenly remembered that, some few days before, he had given a band of gypsies permission to camp in the park.

CHAPITRE 6

Environ dix minutes après, la cloche sonna pour le thé, et Virginia ne descendit pas. Mrs Otis envoya un des laquais pour la chercher. Il ne tarda pas à revenir, en disant qu'il n'avait pu découvrir miss Virginia nulle part. Comme elle avait l'habitude d'aller tous les soirs dans le jardin cueillir des fleurs pour le dîner, Mrs Otis ne fut pas du tout inquiète. Mais six heures sonnèrent, Virginia ne reparaissait pas. Alors sa mère se sentit sérieusement agitée, et envoya les garçons à sa recherche, pendant qu'elle et M. Otis visitaient toutes les chambres de la maison.

À six heures et demie, les jumeaux revinrent et dirent qu'ils n'avaient trouvé nulle part trace de leur sœur.

Alors tous furent extrêmement émus, et personne ne savait que faire, quand M. Otis se rappela soudain que peu de jours auparavant, il avait permis à une bande de bohémiens de camper dans le parc.

He accordingly at once set off for Blackfell Hollow, where he knew they were, accompanied by his eldest son and two of the farm-servants.

The little Duke of Cheshire, who was perfectly frantic with anxiety, begged hard to be allowed to go too, but Mr. Otis would not allow him, as he was afraid there might be a scuffle. On arriving at the spot, however, he found that the gypsies had gone, and it was evident that their departure had been rather sudden, as the fire was still burning, and some plates were lying on the grass.

Having sent off Washington and the two men to scour the district, he ran home, and despatched telegrams to all the police inspectors in the county, telling them to look out for a little girl who had been kidnapped by tramps or gypsies.

He then ordered his horse to be brought round, and, after insisting on his wife and the three boys sitting down to dinner, rode off down the Ascot Road with a groom.

He had hardly, however, gone a couple of miles when he heard somebody galloping after him, and, looking round, saw the little Duke coming up on his pony, with his face very flushed and no hat.

'I'm awfully sorry, Mr. Otis,' gasped out the boy, 'but I can't eat any dinner as long as Virginia is lost. Please, don't be angry with me; if you had let us be engaged last year, there would never have been all this trouble. You won't send me back, will you? I can't go! I won't go!'

En conséquence, il partit sur-le-champ pour le Blackfell-Hollow, accompagné de son fils aîné et de deux domestiques de ferme.

Le petit duc de Cheshire, qui était absolument fou d'inquiétude, demanda instamment à M. Otis de se joindre à lui, mais M. Otis s'y refusa, dans la crainte d'une bagarre. Mais quand il arriva à l'endroit en question, il vit que les bohémiens étaient partis. Il était évident qu'ils s'étaient hâtés de décamper, car leur feu brûlait encore, et il était resté des assiettes sur l'herbe.

Après avoir envoyé Washington et les deux hommes battre les environs, il se dépêcha de rentrer, et expédia des télégrammes à tous les inspecteurs de police du comté en les priant de rechercher une jeune fille qui avait été enlevée par des chemineaux ou des bohémiens.

Puis il se fit amener son cheval, et après avoir insisté pour que sa femme et ses trois fils se missent à table, il partit avec un groom sur la route d'Ascot.

Il avait fait à peine deux milles, qu'il entendit galoper derrière lui. Il se retourna, et vit le petit duc qui arrivait sur son poney, la figure toute rouge, la tête nue.

« J'en suis terriblement fâché, lui dit le jeune homme d'une voix entrecoupée, mais il m'est impossible de manger, tant que Virginia est perdue. Je vous en prie, ne vous fâchez pas contre moi. Si vous nous aviez permis de nous fiancer l'année dernière, ces ennuis ne seraient jamais arrivés. Vous ne me renverrez pas, n'est-ce pas ? Je ne peux pas ; je ne veux pas ! »

The Minister could not help smiling at the handsome young scapegrace, and was a good deal touched at his devotion to Virginia, so leaning down from his horse, he patted him kindly on the shoulders, and said:

'Well, Cecil, if you won't go back I suppose you must come with me, but I must get you a hat at Ascot.'

'Oh, bother my hat! I want Virginia!' cried the little Duke, laughing, and they galloped on to the railway station.

There Mr. Otis inquired of the station-master if any one answering the description of Virginia had been seen on the platform, but could get no news of her.

The station-master, however, wired up and down the line, and assured him that a strict watch would be kept for her, and, after having bought a hat for the little Duke from a linen-draper, who was just putting up his shutters, Mr. Otis rode off to Bexley, a village about four miles away, which he was told was a well-known haunt of the gypsies, as there was a large common next to it. Here they roused up the rural policeman, but could get no information from him.

And, after riding all over the common, they turned their horses' heads homewards, and reached the Chase about eleven o'clock, dead-tired and almost heart-broken.

Le ministre ne put s'empêcher d'adresser un sourire à ce jeune et bel étourdi, et fut très touché du dévouement qu'il montrait à Virginia. Aussi se penchant sur son cheval, il lui caressa les épaules avec bonté, et lui dit :

— Eh bien, Cecil, puisque vous tenez à rester, il faudra bien que vous veniez avec moi, mais il faudra aussi que je vous trouve un chapeau à Ascot.

— Au diable le chapeau ! C'est Virginia que je veux ! s'écria le petit duc en riant.

Puis ils galopèrent jusqu'à la gare.

Là, M. Otis s'informa auprès du chef de gare, si on n'avait pas vu sur le quai de départ une personne répondant au signalement de Virginia, mais il ne put rien apprendre sur elle.

Néanmoins, le chef de gare lança des dépêches le long de la ligne, en amont et en aval, et lui promit qu'une surveillance minutieuse serait exercée.

Ensuite, après avoir acheté un chapeau pour le petit duc chez un marchand de nouveautés qui se disposait à fermer boutique, M. Otis chevaucha jusqu'à Bexley, village situé à quatre milles plus loin, et qui, lui avait-on dit, était très fréquenté des bohémiens. Quand on eut fait lever le garde champêtre, on ne put tirer de lui aucun renseignement.

Aussi, après avoir traversé la place, les deux cavaliers reprirent le chemin de la maison, et rentrèrent à Canterville vers onze heures, le corps brisé de fatigue, et le cœur brisé d'inquiétude.

They found Washington and the twins waiting for them at the gate-house with lanterns, as the avenue was very dark.

Not the slightest trace of Virginia had been discovered.

The gypsies had been caught on Brockley meadows, but she was not with them, and they had explained their sudden departure by saying that they had mistaken the date of Chorton Fair, and had gone off in a hurry for fear they might be late.

Indeed, they had been quite distressed at hearing of Virginia's disappearance, as they were very grateful to Mr. Otis for having allowed them to camp in his park, and four of their number had stayed behind to help in the search.

The carp-pond had been dragged, and the whole Chase thoroughly gone over, but without any result.

It was evident that, for that night at any rate, Virginia was lost to them; and it was in a state of the deepest depression that Mr. Otis and the boys walked up to the house, the groom following behind with the two horses and the pony.

In the hall they found a group of frightened servants, and lying on a sofa in the library was poor Mrs. Otis, almost out of her mind with terror and anxiety, and having her forehead bathed with eau-de-cologne by the old housekeeper.

Ils trouvèrent Washington et les jumeaux qui les attendaient au portail, avec des lanternes, car l'avenue était très sombre.

On n'avait pas découvert la moindre trace de Virginia.

Les bohémiens avaient été rattrapés sur la prairie de Brockley, mais elle ne se trouvait point avec eux. Ils avaient expliqué la hâte de leur départ en disant qu'ils s'étaient trompés sur le jour où devait se tenir la foire de Chorton, et que la crainte d'arriver trop tard les avait obligés à se dépêcher.

En outre, ils avaient paru très désolés de la disparition de Virginia, car ils étaient très reconnaissants à M. Otis de leur avoir permis de camper dans son parc. Quatre d'entre eux étaient restés en arrière pour prendre part aux recherches.

On avait vidé l'étang aux carpes. On avait fouillé le domaine dans tous les sens, mais on n'était arrivé à aucun résultat.

Il était évident que Virginia était perdue, au moins pour cette nuit, et ce fut avec un air de profond accablement que M. Otis, et les jeunes gens rentrèrent à la maison, suivis du groom qui conduisait en main le cheval et le poney.

Dans le hall, ils trouvèrent le groupe des domestiques épouvantés. La pauvre Mrs Otis était étendue sur un sofa dans la bibliothèque, presque folle d'effroi et d'anxiété, et la vieille gouvernante lui baignait le front avec de l'eau de Cologne.

Mr. Otis at once insisted on her having something to eat, and ordered up supper for the whole party. It was a melancholy meal, as hardly any one spoke, and even the twins were awestruck and subdued, as they were very fond of their sister.

When they had finished, Mr. Otis, in spite of the entreaties of the little Duke, ordered them all to bed, saying that nothing more could be done that night, and that he would telegraph in the morning to Scotland Yard for some detectives to be sent down immediately.

Just as they were passing out of the dining-room, midnight began to boom from the clock tower, and when the last stroke sounded they heard a crash and a sudden shrill cry; a dreadful peal of thunder shook the house, a strain of unearthly music floated through the air, a panel at the top of the staircase flew back with a loud noise, and out on the landing, looking very pale and white, with a little casket in her hand, stepped Virginia.

In a moment they had all rushed up to her.

Mrs. Otis clasped her passionately in her arms, the Duke smothered her with violent kisses, and the twins executed a wild war-dance round the group.

'Good heavens! child, where have you been?' said Mr. Otis, rather angrily, thinking that she had been playing some foolish trick on them. 'Cecil and I have

M. Otis insista aussitôt pour qu'elle mangeât un peu, et fit servir le souper pour tout le monde. Ce fut un bien triste repas. On y parlait à peine, et les jumeaux eux-mêmes avaient l'air effarés, abasourdis, car ils aimaient beaucoup leur sœur.

Lorsqu'on eut fini, M. Otis, malgré les supplications du petit duc, ordonna que tout le monde se couchât, en disant qu'on ne pourrait rien faire de plus cette nuit, que le lendemain matin il télégraphierait à Scotland-Yard, pour qu'on mît immédiatement à sa disposition quelques détectives.

Mais voici qu'au moment même où l'on sortait de la salle à manger, minuit sonna à l'horloge de la tour. À peine les vibrations du dernier coup étaient-elles éteintes qu'on entendit un craquement suivi d'un cri perçant. Un formidable roulement de tonnerre ébranla la maison. Une mélodie qui n'avait rien de terrestre flotta dans l'air. Un panneau se détacha bruyamment du haut de l'escalier, et sur le palier, bien pâle, presque blanche, apparut Virginia, tenant à la main une petite boîte.

Aussitôt tous se précipitèrent vers elle. Mrs Otis la serra passionnément sur son cœur.

Ce petit duc l'étouffa sous la violence de ses baisers, et les jumeaux exécutèrent une sauvage danse de guerre autour du groupe.

— Grands dieux ! Ma fille, où êtes-vous allée ? dit M. Otis, assez en colère, parce qu'il se figurait qu'elle avait fait à tous une mauvaise farce. Cecil et moi, nous avons

been riding all over the country looking for you, and your mother has been frightened to death. You must never play these practical jokes any more.'

'Except on the Ghost! except on the Ghost!' shrieked the twins, as they capered about.

'My own darling, thank God you are found; you must never leave my side again,' murmured Mrs. Otis, as she kissed the trembling child, and smoothed the tangled gold of her hair.

'Papa,' said Virginia quietly, 'I have been with the Ghost. He is dead, and you must come and see him. He had been very wicked, but he was really sorry for all that he had done, and he gave me this box of beautiful jewels before he died.'

The whole family gazed at her in mute amazement, but she was quite grave and serious; and, turning round, she led them through the opening in the wainscoting down a narrow secret corridor, Washington following with a lighted candle, which he had caught up from the table. Finally, they came to a great oak door, studded with rusty nails.

When Virginia touched it, it swung back on its heavy hinges, and they found themselves in a little low room, with a vaulted ceiling, and one tiny grated window.

Imbedded in the wall was a huge iron ring, and chained to it was a gaunt skeleton, that was stretched out at full length on the stone floor, and seemed to be trying to grasp with its long fleshless fingers

battu à cheval tout le pays, à votre recherche, et votre mère a failli mourir de frayeur. Il ne faudrait pas recommencer de ces mystifications-là.

— Excepté pour le fantôme ! excepté pour le fantôme ! crièrent les jumeaux en continuant leurs cabrioles.

— Ma chérie, grâce à Dieu, vous voilà retrouvée, il ne faudra plus me quitter, murmurait Mrs Otis, en embrassant l'enfant qui tremblait, et en lissant ses cheveux d'or épars sur ses épaules.

— Papa, dit doucement Virginia, j'étais avec le fantôme. Il est mort. Il faudra que vous alliez le voir. Il a été très méchant, mais il s'est repenti sincèrement de tout ce qu'il avait fait, et avant de mourir il m'a donné cette boîte de beaux bijoux.

Toute la famille jeta sur elle un regard muet, effaré, mais elle avait l'air très grave, très sérieuse. Puis, se tournant, elle les précéda à travers l'ouverture de la muraille, et l'on descendit par un corridor secret. Washington suivait tenant une bougie allumée qu'il avait prise sur la table. Enfin, l'on parvint à une grande porte de chêne hérissée de gros clous.

Virginia la toucha. Elle tourna sur ses gonds énormes, et l'on se trouva dans une chambre étroite, basse, dont le plafond était en forme de voûte, et avec une toute petite fenêtre.

Un grand anneau de fer était scellé dans le mur, et à cet anneau était enchaîné un grand squelette étendu de tout son long sur le sol dallé. Il avait l'air d'allonger ses doigts décharnés

an old-fashioned trencher and ewer, that were placed just out of its reach. The jug had evidently been once filled with water, as it was covered inside with green mould. There was nothing on the trencher but a pile of dust. Virginia knelt down beside the skeleton, and, folding her little hands together, began to pray silently, while the rest of the party looked on in wonder at the terrible tragedy whose secret was now disclosed to them.

'Hallo!' suddenly exclaimed one of the twins, who had been looking out of the window to try and discover in what wing of the house the room was situated. 'Hallo! the old withered almond-tree has blossomed. I can see the flowers quite plainly in the moonlight.'

'God has forgiven him,' said Virginia gravely, as she rose to her feet, and a beautiful light seemed to illumine her face.

'What an angel you are!' cried the young Duke, and he put his arm round her neck and kissed her.

pour atteindre un plat et une cruche de forme antique, qui étaient placés de telle sorte qu'il ne pût y toucher. Évidemment la cruche avait été remplie d'eau, car l'intérieur était tapissé de moisissure verte. Il ne restait plus sur le plat qu'un tas de poussière. Virginia s'agenouilla auprès du squelette, et joignant ses petites mains, se mit à prier en silence, pendant que la famille contemplait avec étonnement la tragédie terrible dont le secret venait de lui être révélé.

— Hallo ! s'écria soudain l'un des jumeaux, qui était allé regarder par la fenêtre, pour tâcher de deviner dans quelle aile de la maison la chambre était située. Hallo ! le vieux amandier qui était desséché a fleuri. Je vois très bien les fleurs au clair de lune.

— Dieu lui a pardonné ! dit gravement Virginia en se levant, et une magnifique lumière sembla éclairer sa figure.

— Quel ange vous êtes ! s'écria le petit duc, en lui passant les bras autour du cou, et en l'embrassant.

CHAPTER 7

Four days after these curious incidents a funeral started from Canterville Chase at about eleven o'clock at night. The hearse was drawn by eight black horses, each of which carried on its head a great tuft of nodding ostrich-plumes, and the leaden coffin was covered by a rich purple pall, on which was embroidered in gold the Canterville coat-of-arms. By the side of the hearse and the coaches walked the servants with lighted torches, and the whole procession was wonderfully impressive.

Lord Canterville was the chief mourner, having come up specially from Wales to attend the funeral, and sat in the first carriage along with little Virginia. Then came the United States Minister and his wife, then Washington and the three boys, and in the last carriage was Mrs. Umney.

It was generally felt that, as she had been frightened by the ghost for more than fifty years of her life, she had a right to see the last of him.

Chapitre 7

Quatre jours après ces curieux événements, vers onze heures du soir, un cortège funéraire sortit de Canterville-Chase. Le char était traîné par huit chevaux noirs, dont chacun avait la tête ornée d'un gros panache de plumes d'autruche qui se balançait. Le cercueil de plomb était recouvert d'un riche linceul de pourpre, sur lequel étaient brodées en or les armoiries des Canterville. De chaque côté du char et des voitures marchaient les domestiques, portant des torches allumées. Tout ce défilé avait un air grandiose et impressionnant.

Lord Canterville menait le deuil ; il était venu du pays de Galles tout exprès pour assister à l'enterrement et il occupait la première voiture avec la petite Virginia. Puis, venaient le ministre des États-unis et sa femme, puis Washington et les trois jeunes garçons. Dans la dernière voiture était Mrs Umney.

Il avait paru évident à tout le monde, qu'après avoir été apeurée par le fantôme pendant plus de cinquante ans de vie, elle avait bien le droit de le voir disparaître pour tout de bon.

A deep grave had been dug in the corner of the churchyard, just under the old yew-tree, and the service was read in the most impressive manner by the Rev. Augustus Dampier.

When the ceremony was over, the servants, according to an old custom observed in the Canterville family, extinguished their torches, and, as the coffin was being lowered into the grave, Virginia stepped forward and laid on it a large cross made of white and pink almond-blossoms. As she did so, the moon came out from behind a cloud, and flooded with its silent silver the little churchyard, and from a distant copse a nightingale began to sing. She thought of the ghost's description of the Garden of Death, her eyes became dim with tears, and she hardly spoke a word during the drive home.

The next morning, before Lord Canterville went up to town, Mr. Otis had an interview with him on the subject of the jewels the ghost had given to Virginia. They were perfectly magnificent, especially a certain ruby necklace with old Venetian setting, which was really a superb specimen of sixteenth-century work, and their value was so great that Mr. Otis felt considerable scruples about allowing his daughter to accept them.

'My lord,' he said, 'I know that in this country mortmain is held to apply to trinkets as well as to land, and it is quite clear to me that these jewels are, or should be, heirlooms in your family. I must beg you,

accordingly, to take them to London with you, and

Une fosse profonde avait été creusée dans un angle du cimetière, juste sous le vieux if ; et les dernières prières furent dites de la façon la plus pathétique par le Rév. Augustus Dampier.

La cérémonie terminée, les domestiques se conformant à une vieille coutume établie dans la famille Canterville, éteignirent leurs torches. Puis, quand le cercueil eut été descendu dans la fosse, Virginia s'avança et posa dessus une grande croix faite de fleurs d'amandier blanches et rouges. Au même instant, la lune sortit de derrière un nuage et inonda de ses silencieux flots d'argent le cimetière, et d'un bosquet voisin partit le chant d'un rossignol. Elle se rappela la description qu'avait faite le Fantôme du jardin de la Mort. Ses yeux s'emplirent de larmes, et elle prononça à peine un mot pendant le retour des voitures à la maison.

Le lendemain matin, avant que lord Canterville partît pour la ville, M. Otis s'entretint avec lui au sujet des bijoux donnés par le Fantôme à Virginia. Ils étaient superbes, magnifiques. Surtout certain collier de rubis, avec une ancienne monture vénitienne, était réellement un splendide spécimen du travail du seizième siècle, et le tout avait une telle valeur que M. Otis éprouvait de grands scrupules à permettre à sa fille de les garder.

— Mylord, dit-il, je sais qu'en ce pays, la mainmorte s'applique aux menus objets aussi bien qu'aux terres, et il est clair, très clair pour moi que ces bijoux devraient rester entre vos mains comme propriété familiale. Je vous prie,

to regard them simply as a portion of your property
which has been restored to you under certain strange
conditions. As for my daughter, she is merely a child,
and has as yet, I am glad to say, but little interest in
such appurtenances of idle luxury. I am also informed
by Mrs. Otis, who, I may say, is no mean authority
upon Art—having had the privilege of spending several
winters in Boston when she was a girl—that these gems
are of great monetary worth, and if offered for sale
would fetch a tall price. Under these circumstances,
Lord Canterville, I feel sure that you will recognise how
impossible it would be for me to allow them to remain
in the possession of any member of my family; and,
indeed, all such vain gauds and toys, however suitable
or necessary to the dignity of the British aristocracy,
would be completely out of place among those who
have been brought up on the severe, and I believe
immortal, principles of republican simplicity. Perhaps
I should mention that Virginia is very anxious that
you should allow her to retain the box as a memento
of your unfortunate but misguided ancestor. As it is
extremely old, and consequently a good deal out of
repair, you may perhaps think fit to comply with her
request. For my own part, I confess I am a good deal
surprised to find a child of mine expressing sympathy
with mediævalism in any form, and can only account
for it by the fact that Virginia was born in one of your
London suburbs shortly after Mrs. Otis had returned
from a trip to Athens.'

en conséquence, de vouloir bien les emporter avec vous à Londres, et de les considérer simplement comme une partie de votre héritage qui vous aurait été restituée dans des conditions peu ordinaires. Quant à ma fille, ce n'est qu'une enfant, et jusqu'à présent, je suis heureux de le dire, elle ne prend que peu d'intérêt à ces hochets de vain luxe. J'ai également appris de Mrs Otis, qui n'est point une autorité à dédaigner dans les choses d'art, soit dit en passant, car elle a eu le bonheur de passer plusieurs hivers à Boston étant jeune fille, que ces pierres précieuses ont une grande valeur monétaire, et que si on les mettait en vente on en tirerait une belle somme. Dans ces circonstances, lord Canterville, vous reconnaîtrez, j'en suis sûr, qu'il m'est impossible de permettre qu'ils restent entre les mains d'aucun membre de ma famille ; et d'ailleurs toutes ces sortes de vains bibelots, de joujoux, si appropriés, si nécessaires qu'ils soient à la dignité de l'aristocratie britannique, seraient absolument déplacés parmi les gens qui ont été élevés dans les principes sévères, et je puis dire les principes immortels de la simplicité républicaine. Je me hasarderais peut-être à dire que Virginia tient beaucoup à ce que vous lui laissiez la boite elle-même, comme un souvenir des égarements et des infortunes de votre ancêtre. Cette boîte étant très ancienne et par conséquent très délabrée vous jugerez peut-être convenable d'agréer sa requête. Quant à moi, je m'avoue fort surpris de voir un de mes propres enfants témoigner si peu d'intérêt que ce soit aux choses du moyen-âge, et je ne saurais trouver qu'une explication à ce fait, c'est que Virginia naquit dans un de vos faubourgs de Londres, peu de temps après que Mrs Otis fut revenue d'une excursion à Athènes.

Lord Canterville listened very gravely to the worthy
Minister's speech, pulling his grey moustache now and
then to hide an involuntary smile, and when Mr. Otis
had ended, he shook him cordially by the hand, and said,
'My dear sir, your charming little daughter rendered
my unlucky ancestor, Sir Simon, a very important
service, and I and my family are much indebted to her
for her marvellous courage and pluck. The jewels are
clearly hers, and, egad, I believe that if I were heartless
enough to take them from her, the wicked old fellow
would be out of his grave in a fortnight, leading me the
devil of a life. As for their being heirlooms, nothing is
an heirloom that is not so mentioned in a will or legal
document, and the existence of these jewels has been
quite unknown. I assure you I have no more claim
on them than your butler, and when Miss Virginia
grows up I daresay she will be pleased to have pretty
things to wear. Besides, you forget, Mr. Otis, that you
took the furniture and the ghost at a valuation, and
anything that belonged to the ghost passed at once into
your possession, as, whatever activity Sir Simon may
have shown in the corridor at night, in point of law
he was really dead, and you acquired his property by
purchase.'

Mr. Otis was a good deal distressed at Lord
Canterville's refusal, and begged him to reconsider his
decision, but the good-natured peer was quite firm,
and finally induced the Minister to allow his daughter
to retain the present the ghost had given her.

Lord Canterville écouta sans broncher le discours du digne ministre en tirant de temps à autre sa moustache grise pour cacher un sourire involontaire. Quand M. Otis eut terminé, il lui serra cordialement la main, et lui répondit :

« Mon cher monsieur, votre charmante fillette a rendu à mon malheureux ancêtre un service très important. Ma famille et moi nous sommes très reconnaissants du merveilleux courage, du sang-froid dont elle a fait preuve. Les joyaux lui appartiennent, c'est clair, et par ma foi je crois bien que si j'avais assez peu de cœur pour les lui prendre, le vieux gredin sortirait de sa tombe au bout de quinze jours, et me ferait une vie d'enfer. Quant à être des bijoux de famille, ils ne le seraient qu'à la condition d'être spécifiés comme tels dans un testament, dans un acte légal, et l'existence de ces joyaux est restée ignorée. Je vous certifie qu'ils ne sont pas plus à moi qu'à votre maître d'hôtel. Quand miss Virginia sera grande, elle sera enchantée, j'oserai l'affirmer, d'avoir de jolies choses à porter. En outre, M. Otis, vous oubliez que vous avez pris l'ameublement et le fantôme sur inventaire. Donc, tout ce qui appartient au fantôme vous appartient. Malgré toutes les preuves d'activité qu'a données sir Simon, la nuit, dans le corridor, il n'en est pas moins mort, au point de vue légal, et votre achat vous a rendu propriétaire de ce qui lui appartient. »

M. Otis ne fut pas peu tourmenté du refus de lord Canterville, et le pria de réfléchir à nouveau sur sa décision, mais l'excellent pair tint bon et finit par décider le ministre à accepter le présent que le fantôme lui avait fait.

And when, in the spring of 1890, the young Duchess of Cheshire was presented at the Queen's first drawing-room on the occasion of her marriage, her jewels were the universal theme of admiration. For Virginia received the coronet, which is the reward of all good little American girls, and was married to her boy-lover as soon as he came of age.

They were both so charming, and they loved each other so much, that every one was delighted at the match, except the old Marchioness of Dumbleton, who had tried to catch the Duke for one of her seven unmarried daughters, and had given no less than three expensive dinner-parties for that purpose, and, strange to say, Mr. Otis himself.

Mr. Otis was extremely fond of the young Duke personally, but, theoretically, he objected to titles, and, to use his own words, 'was not without apprehension lest, amid the enervating influences of a pleasure-loving aristocracy, the true principles of republican simplicity should be forgotten.' His objections, however, were completely overruled, and I believe that when he walked up the aisle of St. George's, Hanover Square, with his daughter leaning on his arm, there was not a prouder man in the whole length and breadth of England.

The Duke and Duchess, after the honeymoon was over, went down to Canterville Chase, and on the day after their arrival they walked over in the afternoon to the lonely churchyard by the pine-woods.

Lorsque, au printemps de 1890, la jeune duchesse de Cheshire fut présentée pour la première fois à la réception de la Reine, à l'occasion de son mariage, ses joyaux furent l'objet de l'admiration générale. Car Virginia reçut le tortil baronnal qui se donne comme récompense à toutes les petites Américaines qui sont bien sages, et elle épousa son petit amoureux, dès qu'il eut l'âge.

Tous deux étaient si gentils, et ils s'aimaient tant l'un l'autre, que tout le monde fut enchanté de ce mariage, excepté la vieille marquise de Dumbleton, qui avait fait tout son possible pour attraper le duc et lui faire épouser une de ses sept filles. Dans ce but, elle n'avait pas donné moins de trois grands dîners fort coûteux.

Chose étrange, M. Otis éprouvait à l'égard du petit duc une vive sympathie personnelle, mais en théorie, il était l'adversaire de la particule, et, pour employer ses propres expressions, il avait « quelque sujet d'appréhender, que, parmi les influences énervantes d'une aristocratie éprise de plaisir, les vrais principes de la simplicité républicaine ne fussent oubliés ». Mais on ne tint aucun compte de ses observations, et quand il s'avança dans l'aile de l'église de Saint-Georges, Hanover-Square, sa fille à son bras, il n'y avait pas un homme plus fier dans la longueur et dans la largeur de l'Angleterre.

Après la lune de miel, le duc et la duchesse retournèrent à Canterville-Chase, et le lendemain de leur arrivée, dans l'après-midi, ils allèrent faire un tour dans le cimetière solitaire près du bois de pins.

There had been a great deal of difficulty at first about the inscription on Sir Simon's tombstone, but finally it had been decided to engrave on it simply the initials of the old gentleman's name, and the verse from the library window.

The Duchess had brought with her some lovely roses, which she strewed upon the grave, and after they had stood by it for some time they strolled into the ruined chancel of the old abbey.

There the Duchess sat down on a fallen pillar, while her husband lay at her feet smoking a cigarette and looking up at her beautiful eyes.

Suddenly he threw his cigarette away, took hold of her hand, and said to her:

'Virginia, a wife should have no secrets from her husband.'

'Dear Cecil! I have no secrets from you.'

'Yes, you have,' he answered, smiling, 'you have never told me what happened to you when you were locked up with the ghost.'

'I have never told any one, Cecil,' said Virginia gravely.

'I know that, but you might tell me.'

'Please don't ask me, Cecil, I cannot tell you. Poor Sir Simon! I owe him a great deal. Yes, don't laugh, Cecil, I really do. He made me see what Life is, and what Death signifies, and why Love is stronger than both.'

Ils furent d'abord très embarrassés au sujet de l'inscription qu'on graverait sur la pierre tombale de sir Simon, mais ils finirent par décider qu'on se bornerait à y graver simplement les initiales du vieux gentleman, et les vers écrits sur la fenêtre de la bibliothèque.

La duchesse avait apporté des roses magnifiques qu'elle éparpilla sur la tombe ; puis, après s'y être arrêté quelques instants, on se promena dans les ruines du chœur de l'antique abbaye.

La duchesse s'y assit sur une colonne tombée, pendant que son mari, couché à ses pieds, et fumant sa cigarette, la regardait dans ses beaux yeux.

Soudain, jetant sa cigarette, il lui prit la main et lui dit :

— Virginia, une femme ne doit pas avoir de secrets pour son mari.

— Cher Cecil, je n'en ai pas.

— Si, vous en avez, répondit-il en souriant, vous ne m'avez jamais dit ce qui s'était passé pendant que vous étiez enfermée avec le fantôme.

— Je ne l'ai jamais dit à personne, répliqua gravement Virginia.

— Je le sais, mais vous pourriez me le dire.

— Je vous en prie, Cecil, ne me le demandez pas. Je ne puis réellement vous le dire, Pauvre sir Simon ! je lui dois beaucoup. Oui, Cecil, ne riez pas, je lui dois réellement beaucoup. Il m'a fait voir ce qu'est la vie, ce que signifie la Mort et pourquoi l'Amour est plus fort que la Mort.

The Duke rose and kissed his wife lovingly.

'You can have your secret as long as I have your heart,' he murmured.

'You have always had that, Cecil.'

'And you will tell our children some day, won't you?'

Virginia blushed.

Le duc se leva et embrassa amoureusement sa femme.

— Vous pourrez garder votre secret, tant que je posséderai votre cœur, dit-il, à demi-voix.

— Vous l'avez toujours eu, Cecil.

— Et vous le direz un jour à nos enfants, n'est-ce pas ?

Virginia rougit.

END

FIN

DANS LA MÊME ÉDITION BILINGUE + AUDIO INTÉGRÉ :

- WALDEN, OU LA VIE DANS LES BOIS (Thoreau) *anglais-français*
- LA DÉSOBÉISSANCE CIVILE (Thoreau) *anglais-français*
- MA VIE, MON ŒUVRE (Henry Ford) *anglais-français*
- MA VIE D'ESCLAVE AMÉRICAIN (Frederick Douglass) *anglais-français*
- LE LIVRE DES MERVEILLES (Nathaniel Hawthorne) *anglais-français*
- RASSELAS, PRINCE D'ABYSSINIE (Samuel Johnson) *anglais-français*
- LE JOUEUR D'ÉCHECS (Stefan Zweig) *allemand-français*
- LE BOUQUINISTE MENDEL (Stefan Zweig) *allemand-français*
- LES CAHIERS DE MALTE LAURIDS BRIGGE (R.M. Rilke) *allemand-français*
- LES SOUFFRANCES DU JEUNE WERTHER (J.W. Goethe) *allemand-français*
- LE PRINCE (Nicolas Machiavel) *italien-français*
- LES AVENTURES DE PINOCCHIO (Carlo Collodi) *italien-français*
- MAX HAVELAAR (Multatuli) *néerlandais-français*
- LE PETIT JOHANNES (Frederik van Eeden) *néerlandais-français*
- MÉMOIRES POSTHUMES DE BRÁS CUBAS (M. de Assis) *portugais-français*
- CONTES (H.C. Andersen) *danois-français*
- BARTEK VAINQUEUR (Henryk Sienkiewicz) *polonais-français*
- LE PORTRAIT (Nicolas Gogol) *russe-français*
- LA FILLE DU CAPITAINE (Alexandre Pouchkine) *russe-français*
- NIETOTCHKA NEZVANOVA (Fiodor Dostoïevski) *russe-français*
- NOUS AUTRES (Ievgueni Zamiatine) *russe-français*
- LA MÈRE (Maxime Gorki) *russe-français*
- UNE MAISON DE POUPÉE (Henrik Ibsen) *norvégien-français*
- LA SAGA DE NJAL (Anonyme) *islandais-français*

Impression CreateSpace
à Charleston SC, en février 2018.

Imprimé aux États-Unis.

En couverture :

Eugène Carrière,

« Portrait d'Henri Rochefort » (avant 1896)

Musée d'Art Moderne et Contemporain de Strasbourg (France).

ACCOLADE
Éditions

Découvrez l'ensemble de nos ouvrages
sur notre site :

www.laccolade-editions.com

www.ingramcontent.com/pod-product-compliance
Lightning Source LLC
Chambersburg PA
CBHW020150180626
46810CB00004B/1830